N
O
E
S

PROYECTO EDITORIAL:
Daniel Goldin y Federico Navarrete

COORDINADOR EDITORIAL:
Federico Navarrete Linares

ASESORÍA:
Elisa Ramírez Castañeda

INVESTIGACIÓN:
Amparo Alonso
Silvia Alvarado
Francisco Andía
Marta Ayala
Tajín Fuentes
Enrique García
Ileana Gómez
Danna Levin
Sarah Makovski
Xóchitl Medina
Humberto Medina
Federico Navarrete
Olivia Ortiz
Gabriela Peyrón
Elisa Ramírez
Juan Manuel Romero
Beatriz Terrazas
Mario Valotta
Álvaro Vázquez

DISEÑO Y DIRECCIÓN ARTÍSTICA:
Adriana Esteve y Rogelio Rangel

CUIDADO EDITORIAL:
Ernestina Loyo

La concepción de este proyecto
no hubiera sido posible sin la valiosa
aportación de Alfredo López Austin

HIJOS DE LA Primavera

VIDA Y PALABRAS DE LOS INDIOS DE AMÉRICA

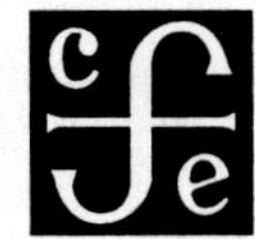

ilustraciones en color
FELIPE DÁVALOS

1

Sol y Luna roban el día

Al principio, nuestro mundo estaba oscuro. Siempre era de noche y no se podía ver nada porque tampoco existía el fuego. Los hombres sufrían mucho y morían de hambre pues no podían encontrar comida, ni ver a los animales para cazarlos. Los *chamanes* Sol y Luna, que eran hermanos gemelos, pensaban en una sola cosa: cómo hacer la luz y el día para ayudar a su gente.

Un día se enteraron que las aves ya tenían el día y que en su aldea, en el cielo, había luz. Entonces decidieron robar el día. Fabricaron la imagen de un tapir, con piel y ramas, y la rellenaron de mandioca y otros alimentos. Después de un tiempo, la comida se pudrió y el tapir se llenó de gusanos. Sol envolvió algunos en un paquete y se lo dio a las moscas para que lo llevaran hasta la aldea de las aves.

Cuando las moscas llegaron a la aldea, el Rey Buitre, que era el jefe de las aves, se dio cuenta que todo era un engaño de los hombres y les advirtió a los demás pájaros que Sol les quería robar el día. Pero, como era muy cortés, recibió bien a los mensajeros. Ordenó que trajeran bancos para que las moscas se sentaran en el patio frente a la *maloca* y les preguntó a qué habían venido.

–Zzumm, zzumm, zzumm, zzumm –respondieron las moscas.

El Rey Buitre no pudo entenderles y tampoco ninguna de las aves que estaban con él. Llamaron al oriol, pero no hablaba su lenguaje. Tampoco el pájaro congo pudo entenderlas, aunque conocía muchas lenguas. Sólo el pájaro congo pequeño logró comprender su idioma. Las moscas le contaron que abajo en la tierra había muchas cosas podridas para que las

Chamán(a): *persona con poderes mágicos*

Maloca: *casas de los indios de la Amazonia*

aves comieran. Entonces entregaron el paquete de gusanos. Las aves los devoraron y preguntaron dónde estaba el resto.

Las moscas las guiaron a la tierra. El Rey Buitre fue el último en partir porque todavía desconfiaba de los hombres.

Mientras tanto, Sol y Luna se habían escondido dentro del falso tapir. Cuando las aves se posaron a su alrededor y empezaron a comer los gusanos, ellos no se movieron. Parecía que el tapir estaba verdaderamente muerto. El Rey Buitre no se acercó sino hasta que vio que no pasaba nada.

–Prepárate, ya viene –dijo Luna, al verlo bajar volando en círculos.

En cuanto tocó la tierra, Sol lo tomó de una de sus piernas y no lo soltó más.

–No queremos matarte –le dijo–. Sólo queremos que nos des el día. Para eso te llamamos.

Cuando vieron que su jefe había sido capturado, los demás pájaros salieron volando. El Rey Buitre llamó al pájaro guan, el único que se había quedado a su lado, y le ordenó que trajera el día. El pájaro fue a la aldea de las aves y regresó con una pulsera de plumas azules de guacamaya. Cuando se acercó, trajo un poco de luz.

–¿Es el día? –preguntó Sol.

Luna le explicó que no era el verdadero día. Tenía razón, pues se hizo de noche en el momento en que el pájaro se posó en tierra. Sol y Luna le pidieron al Rey Buitre que volviera a mandarlo por la luz. El guan regresó con una cresta amarilla de guacamaya. Trajo más

luz, pero Luna no se dejó convencer. La siguiente vez el guan tampoco trajo el día, sino un penacho de plumas de perico. Entonces, Sol se dirigió al Rey Buitre con todo respeto.

–Venerado abuelo –le dijo–, ordene usted que ya traigan el verdadero día, para que lo dejemos ir.

Pero el guan quiso engañarlos de nuevo con un penacho y pulseras de plumas rojas de guacamaya. El rey buitre se cansó y le dijo:

–Ya trae el verdadero día, estoy harto de esperar aquí.

Finalmente el pájaro regresó todo adornado de plumas de guacamaya roja. Traía un penacho, aretes, pulseras y adornos para las piernas. Al acercarse iluminó todo el cielo.

–Éste es el día, las verdaderas plumas de guacamaya roja –dijo Luna.

Cuando se posó sobre la tierra, todo se iluminó y el Sol soltó al Rey Buitre.

–¡Abuelo! No le queríamos hacer daño. Sólo queríamos que nos diera la luz.

Entonces el Rey Buitre les explicó cómo era el día:

–En la mañana nace, en la tarde se debilita y finalmente se va de repente. Cuando llegue la noche no tengan miedo. No piensen que estará siempre oscuro y que los pájaros nos robamos el día. La luz siempre regresa.

Para agradecerle, Sol lo adornó. Le rasuró la cabeza, se la pintó de rojo y luego le ató un cordel blanco en el pescuezo.

Antes de partir, el Rey Buitre pidió que cada vez que los hombres mataran un animal grande, dejaran su cadáver donde él lo pudiera comer. Después abrió sus alas y se fue volando. Desde entonces, los suia del Amazonas dejan para los buitres la carne que no comen.

Adivinanzas mayas

Entra con hambre
y sale satisfecha.

La cubeta del pozo.

Hay un árbol con
veinticuatro flores:
doce son blancas, doce
son negras.

Es el mundo, porque doce horas son de
oscuridad y doce de luz.

¿Quiénes serán dos
negros,
rodeados de centinelas?

Los ojos y sus pestañas.

Llega hasta tu trasero,
llega hasta mi trasero.

La silla.

Allí está, allí está; no,
allá, mírala, allá.

Es la mano que señala en varias direcciones.

Cómo se debe cuidar a los niños

Los nahuas que habitan cerca de la costa del Golfo de México tienen estas creencias sobre la forma de cuidar a sus hijos:

- Si un niño corta la primera fruta de una planta, o la fruta tierna, la planta ya no dará más fruta.
- Cuando hay que sacar de la casa a un niño que no ha sido bautizado, es necesario protegerlo mucho pues se le puede escapar el alma. Para eso hay que poner manojos de yerba en las veredas que salen al camino, para taparlas y que su alma no se regrese a otro lugar.
- Si un muchachito es mudo, hay que esperar que pase cerca una guacamaya y entonces meterle el rabo de la cuchara en la boca, para que hable.

- Si a medianoche gritan las gallinas y los *guajolotes* que están en el corral, es porque ha pasado el Maligno.

Guajolotes: *pavos*

Por qué los negros son negros

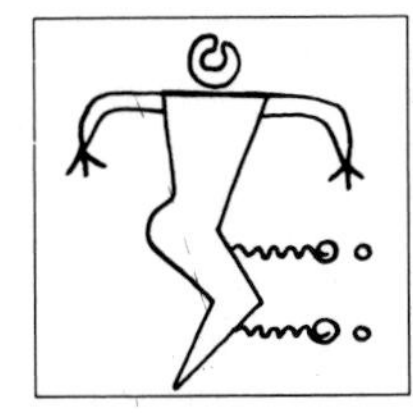

***L**os penobscot vivían en los inmensos bosques de Canadá, región poco poblada. Los primeros negros que llegaron a esa región causaron asombro entre los nativos. Ésta es una de las historias que ellos contaban para explicar el origen de los negros:*

Hace muchos años, en una lejana aldea que se levantaba en medio de los bosques, vivía una pequeña familia. El mayor de los hijos siempre se burlaba de sus padres, todo le parecía gracioso y le daban risa las cosas que ellos decían. Pasó el tiempo. Cada vez que sus padres hablaban, el niño se reía enseñando los dientes y la cara se le ponía negra por el esfuerzo. Un día el niño se quedó de ese color, su piel se volvió negra como el carbón.

Cuando el pequeño creció y tuvo su propia familia, sus hijos nacieron negros también, y de ellos nacieron todos los hombres de raza negra, quienes por esta razón siempre están riendo y enseñando los dientes.

Cuando el hombre y los grillos subieron al mundo

En el principio de los tiempos nada se movía sobre el mundo.

Entonces Aba, el Gran Espíritu, creó una montaña inmensa a la que puso el nombre de *Nané Chachá*. Desde la cima de la montaña, Aba cavó un gran camino que conducía hasta una caverna en el centro de la Tierra. En aquella caverna, Aba había fabricado figuras con barro amarillo para poblar la Tierra. Eran los hombres y los grillos.

Más tarde, cuando los pájaros y los animales cobraron vida, cuando la superficie de la Tierra fue cubierta con árboles y plantas, lagos y ríos, los hombres y los grillos comenzaron a subir a la superficie.

Durante mucho tiempo ascendieron juntos por el gran camino. Conforme salieron del cráter se esparcieron por el mundo. Unos tomaron el rumbo del Norte, otros fueron al Sur, otros al Este y algunos más al Oeste. Pero todos recuerdan Nané Chachá como el lugar donde vieron por primera vez la luz del Sol.

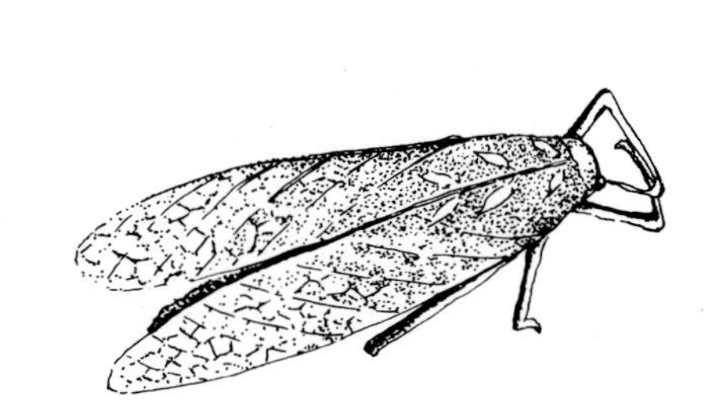

Cierta mañana, en la caverna, la madre de los grillos fue asesinada. Desde entonces los hombres fueron los únicos que recorrieron el gran camino de la montaña. De día y de noche salían a la superficie de la Tierra y al caminar o construir sus casas lastimaban a los grillos que vivían en la hierba. Un gran temor se apoderó de los grillos. Para evitar el exterminio de su raza hablaron con el gran Espíritu y le pidieron que los protegiera.

Después de escucharlos, Aba cerró el cráter en la cima de Nané Chachá y convirtió en hormigas a los hombres que se quedaron encerrados en la caverna. Por esta razón la Tierra está llena de hormigas que suben a la superficie a través de pequeños caminos que se parecen al que un día Aba clausuró. Así cuentan los choctaw, y por eso respetan a las hormigas y sus casas.

Hijos del viento

Fue el viento quien les dio vida. Es el viento que inspiramos y expulsamos por la boca el que nos mantiene vivos; cuando cesa este soplo, morimos. En las yemas de los dedos vemos los rastros del viento; allí los remolinos muestran que el viento soplaba cuando fueron creados nuestros ancestros, los primeros navajos.

Marpiyawin y los lobos

Los sioux eran una tribu viajera, iban de campamento en campamento, a lo largo del año. Se sentían a gusto en cada nuevo lugar pues no se mudaban a sitios extraños, sino que conocían bien todos los mejores lugares para establecer sus aldeas. Alzar y bajar los *tipis* era una tarea fácil a la cual estaban acostumbrados y que realizaban con gran rapidez. Cuando escaseaba la pastura para los caballos, cuando la caza se alejaba, cuando el agua de un arroyo era más abundante en otro sitio o cuando llegaba el invierno, los sioux movían sus campamentos.

Un día, la aldea entera estaba en marcha. Muchas mujeres y niños formaban la partida. Numerosos caballos de carga acarreaban los tipis y enseres; los hombres cuidaban los caballos de guerra y de caza; todos avanzaban. Entre ellos, iba una joven con un perrito. El cachorro era juguetón y ella lo quería mucho, pues lo había cuidado desde recién nacido, cuando aún no abría los ojos.

El camino se le hacía corto pues el cachorro jugaba con ella y los demás muchachos.

Cuando oscureció, vio que el perro no estaba. Lo buscó en el campamento y vio que nadie lo tenía. Lo llamó. "Tal vez se habrá ido con los lobos, como otros perros de la aldea, y regresará pronto. Tal vez volvió al viejo campamento", pensó la muchacha recordando las costumbres de los demás perros de la aldea.

***Tipis:** casas de los indios de las praderas de Norteamérica*

Sin decir ni una palabra a nadie, regresó a buscarlo. No había riesgo de perderse, conocía bien el camino. Volvió hasta donde quedaban las huellas del campamento de verano, allí durmió. Esa noche cayó la primera nevada de otoño sin despertarla. A la mañana siguiente, reanudó la búsqueda.

Esa tarde nevó más fuerte y Marpiyawin se vio obligada a refugiarse en una cueva. Estaba muy oscura, pero la protegía del frío. En su bolsa llevaba *wasna,* carne de búfalo prensada con cerezas –semejante al queso seco–, y no tendría hambre.

La muchacha durmió y en sueños tuvo una visión: los lobos le hablaban y ella les entendía; cuando ella les dirigía la palabra, también parecían comprenderla. Le prometieron que con ellos no pasaría hambre ni frío. Al despertar, se vio rodeada de lobos pero no se asustó.

Varios días duró la tempestad y los lobos le llevaban conejos tiernos para que comiera; de noche, se acostaban junto a ella para calentarla. Al poco tiempo eran ya muy amigos.

Cuando la nevada escampó los lobos se ofrecieron a llevarla a la aldea de invierno. Atravesaron valles y arroyos, cruzaron ríos y subieron y bajaron montañas hasta llegar al campamento donde estaba su gente. Allí Marpiyawin se despidió de sus amigos. A pesar de la alegría que sentía de volver con los suyos, se entristecía de dejar a

los lobos. Cuando se separaron, los animales le pidieron que les llevara carne grasosa a lo alto de la montaña.

Contenta, ella prometió volver y se dirigió al campamento.

Cuando Marpiyawin se acercó a la aldea, percibió un olor muy

desagradable. ¿Qué sería? Era el olor de la gente. Por primera vez se daba cuenta de cuán distintos son el olor de los animales y el de las personas. Así supo cómo rastrean los animales a los hombres y por qué su olor les molesta. Había pasado tanto tiempo con los lobos que había perdido su olor humano.

Los habitantes de la aldea se pusieron felices al verla, pensaban que la había secuestrado alguna tribu enemiga. Ella contó su historia y señaló a los lobos; apenas se veían sus siluetas dibujadas contra el cielo, en lo alto de la montaña.

–Son mis salvadores –les dijo–, gracias a ellos estoy viva.

La gente no supo qué pensar. Todos le dieron carne para que la ofreciera a los lobos. Estaban tan contentos y sorprendidos que mandaron un mensajero a cada tipi, para avisar que Marpiyawin había regresado y para pedir carne para sus salvadores.

La muchacha llevó la comida a los lobos; durante los meses de crudo invierno alimentó a sus amigos. Nunca olvidó su lengua y, a veces, los gritos de los lobos que la llamaban se oían por toda la aldea. Se hizo vieja, los demás le preguntaban lo que querían decir los lobos. Así, sabían si se acercaba una nevada o si merodeaba algún enemigo. Fue así como se le dio a Marpiyawin el sobrenombre de *Wiyanwan si kma ni tu ompiti:* la vieja que vivió con los lobos.

El juego del tronco

Los indios de los bosques de Norteamérica cuentan que una vez un jefe indio estaba descansando, sentado en un inmenso tronco caído. Entonces un jefe blanco vino a pedirle que lo dejara sentarse a su lado. El jefe indio lo dejó acomodarse. Los dos quedaron sentados en el centro. Pero el jefe blanco estaba inquieto y veía el tronco de lado a lado.

–Recórrete hacia tu extremo del tronco –le pidió al jefe indio–. No tengo suficiente espacio.

El indio por cortesía se movió un poco. Más tarde, el blanco se acercó otra vez al jefe indio y le pidió aún más espacio. El indio lo complació de nuevo y se movió hacia su borde del tronco. El jefe blanco continuó haciendo lo mismo hasta que el indio terminó cayéndose al piso.

Así como sucedió con el tronco, sucedió con las tierras de Norteamérica, que eran de los indios. Los blancos se las quitaron poco a poco, hasta dejarlos sin tierra.

Por eso ahora los niños indios aprenden el juego del tronco. Se forman dos equipos, el de indios y el de blancos.Un jugador de un equipo se sienta en un extremo del tronco y uno del equipo contrario se coloca a su lado. Se van sentando uno a uno hasta que ya no caben. Pierde el equipo que se queda primero sin lugar.

Cómo criaban a los niños y a las niñas incas

Los niños incas eran tratados de diversa forma dependiendo de su edad y su sexo. El cronista inca Guaman Poma de Ayala describió así la manera en que los antiguos indios del Perú cuidaban a sus hijas y lo que les pedían que hicieran:

Las niñas que están en la cuna se llaman *llullo wawa*, que quiere decir niñas recién paridas. No pueden hacer nada solas, sólo las atiende su madre y la ayudan sus hermanitos o su abuela o tía o algún pariente cercano.

Estas niñas requieren que las atiendan otros y por eso su madre se dedica sólo a ellas; si son dos niñas de un solo vientre, gemelas, su padre y su madre las atienden. Y si son hijas de persona importante, muchas más personas, y si son huérfanas, mejor.

A la edad de un año y de dos años, a las niñas se les llama *llumac uarmi wawa,* que quiere decir niñas que gatean. No están para nada sino para que les sirvan otros o, si no, que les sirva su madre. La madre debe dedicarse solamente al trabajo de criar a su hija porque ha de andar con ella cargada y no la debe dejar de la mano.

A la edad de cinco años a nueve años las niñas son llamadas *pucllacoc uarmi uamra,* que quiere decir muchachas que andan jugando. Antes de que llegaran los españoles, estas doncellitas servían de paje de las *coyas,* o reinas, y de las princesas, *nustas,* o de las señoras grandes, y también servían a sus padres y a sus madres para traer leña y paja a la casa. A esta edad comenzaban a trabajar: hilaban seda delicada y lo que podían. También traían *yuyos* de comer de la labranza y ayudaban a hacer la *chicha*. Servían para criar a los niños más pequeños y los traían cargados.

A estas niñas se les ha de enseñar la limpieza y que sepan desde chicas a hilar y llevar agua y cocinar, que son labores que convienen a las mujeres y a las doncellas. Las deben educar su padre y su madre.

Yuyos: *hierba comestible*

Chicha: *bebida hecha de maíz*

Los niños de un mes se llaman *wawa quiraupi cac,* que quiere decir niños de teta recién paridos que están en la cuna.

Conviene que alguien los cuide y que les dé de comer su madre de fuerza o su nodriza, pues ninguna otra persona debe dar leche a los dichos niños.

A los niños de teta, que comienzan a gatear, se les llama *llullo llocac uamracona,* son niños de uno o dos años hasta que llegan a cinco. No sirven para nada sino para que los atienda otro y para jugar con otro muchacho que los guarde bien y que los mire para que no se caigan ni se quemen.

A los niños que gatean es muy justo que su madre se dedique únicamente a criarlos y si son huérfanos, mucho más. Y si nacen dos de un vientre, que se reserven padre y madre dos años, por ley de Dios y muy antigua ley de este reino.

Los niños de edad de cinco a diez años se llaman *pucllacoc uamracona,* que quiere decir niños que juegan.

Éstos sirven a sus madres y a sus padres en lo que pueden y llevan muchos azotes y coscorrones. También sirven para hacer jugar a las crías que gatean, y a las que están en la cuna las menean y las miran.

A estos dichos niños los llaman los españoles, niños de la doctrina, porque están en la edad en que se les enseña la doctrina cristiana y la escuela. Pero antes de que llegaran los españoles se dedicaban a ayudar en su casa y en la cría de sus hermanos. Ayudaban a criar huérfanos y otras ocupaciones de la casa y cuidaban la casa.

Conviene que estos niños sean castigados y educados en todo el reino por el buen orden del reino y por la buena ley.

Arrullo

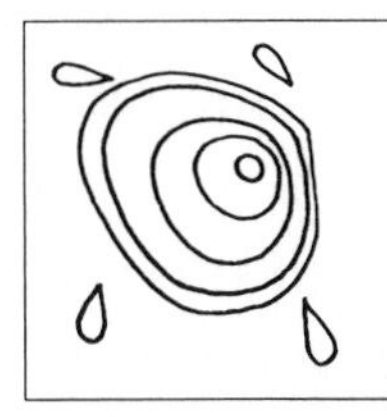

Acuesta a tu niño
y vamos a la fiesta.
Mécelo, duérmelo,
vámonos ya.

¿Y si se despierta
quién lo cuidará?

Con unos besos,
con unos abrazos
se callará.

Toca el instrumento,
tócalo, Señor.
Baila la hermana
vestida de fiesta.

La forma del mundo

Cuentan los abuelos que sus abuelos sabían una historia muy vieja, tan vieja que fue contada por los primeros hombres que existieron, y que éstos la supieron porque el que es Padre así lo dijo: porque esto fue lo primero que supieron de él.

En el principio nadie sabía cómo era la forma de la Tierra ni por qué el cielo estaba allá arriba sin caerse. Los primeros que vivieron no sabían cómo explicarse esto. Por más que esforzaban la mirada no alcanzaban a mirar dónde terminaba el mundo, no sabían qué detenía al cielo. Tomaron la decisión de mandar a los más fuertes y valerosos a recorrer la Tierra para saberlo.

__Tortilla:__ pan de maíz redondo y muy delgado

Cuando los más fuertes llegaron a la orilla de la Tierra encontraron a los moradores de los confines, pero éstos no sabían qué podía haber más allá ni tampoco sabían que existiera el que es Padre. Nada les importaba, sólo estaban allí.

Los enviados decidieron ir más allá, fueron y escucharon la palabra del que es Padre. Él les dijo que no debían ir más lejos. Le preguntaron qué había ahí y por qué no podían ir. La palabra del que es Padre les contestó que no hallarían nada, que sólo encontrarían las columnas de fierro que sostienen al cielo. Les dijo que la Tierra es circular como una *tortilla* o como un tambor, y que el cielo es como una tienda de campaña azul sostenida por columnas de fierro. Les explicó que si llegaban hasta donde están las columnas tendrían que subir por ellas para alcanzar el sitio donde está él, pero que nunca podrían regresar con los suyos.

Esto dijo el que es Padre, esto dijeron al regresar los primeros tarahumaras y así lo contaron a sus hijos y éstos a los suyos.

El Sol y el Viento

El Viento y el Sol se encontraron. El Viento lucía una larga capa, un saco de lana muy gruesa y un sombrero muy grande. El Sol lo veía con sus ojos amarillos, grandes y brillantes, asomados bajo un sombrero de paja ardiente.

Era el día de la contienda en que medirían sus fuerzas. Querían saber cuál de los dos era el más poderoso.

El Viento dijo:

–Es mucho, Hermano Sol, lo que yo puedo hacer... Yo hago volar por los aires sus sombreros, dejo sin abrigo a sus *wawas* y sin techo a sus casas. Sin mí no podrían despajar en las trillas.

Wawas: *bebés*

El Sol respondió:

–Con mi calor consigo lo que quiero, los hago correr buscando abrigo y sombra bajo los montes y refresco en el río. Los hago sudar y quitar sus ponchos, desnudos tienen que trabajar por mi calor. Y a ti también, Hermano Viento, puedo quitarte el sombrero, la capa y hasta el saco.

El Viento y el Sol compitieron.

El Viento empezó a soplar con fuerza pero no consiguió quitarle el sombrero al Sol, ni mover uno solo de sus rayos, ni apagar la chispa amarilla de sus ojos.

Cuando llegó su turno, el Sol comenzó a calentar más y más.

Tan grande era el calor que el Viento, sofocado y sudoroso, se quitó el sombrero de alas. Después se quitó la capa y el saco. Desde entonces reina el Sol y al Viento se le ve vagando desnudo por los caminos, silbando su derrota.

El Ndeaj

Hace mucho tiempo no existía el Cerro de Huilotepec que separa a los huaves de los zapotecos, ni las barras del mar donde ellos pescan; no había camarones en las lagunas ni en el mar; los huaves cosechaban la sal en las salinas. El Cerro de Monopostioc, que se mira ahora en medio de la Mar Tileme tampoco estaba allí. Juan Olivares, un huave, cuenta cómo se hizo el paisaje que ahora les da sustento:

Había una viejita soltera. A pesar de su edad y de no tener hombre un día se dio cuenta de que estaba embarazada. Nació un niño; cuando lo acostaba en la cuna, sólo aparecía una bola de carne, al rato desaparecía o volvía a ser persona. Así se vio que no era un niño común y corriente.

El niño creció. Desde muy chico pescaba; salía y regresaba a su casa todo manchado de lodo, pero traía pescado a su madre. Era muy listo, diferente de todos los demás. Como nadie lo quería jugaba solo, haciendo montoncitos de arena, acarreando piedras, haciendo canalitos para que escurriera el agua. Así se la pasaba en la orilla del mar y nadie se le acercaba. Era el niño más feo y más triste del pueblo de San Mateo, todos se burlaban de él. Muy de madrugada salía a la Laguna de los Popoyotes a pescar y a hacer sus canalitos.

Un día recibieron en el pueblo una carta de la gente *möl* –los que viven lejos– acompañada de una corona. Era una orden: tenían que enviar a un niño del pueblo a estudiar y que fuera aquél a quien le quedara la corona. Todos los *chamacos* del pueblo se la probaron Tenían miedo, creían que la gente

Chamaco: *muchacho*

de fuera comía niños. Por fin mandaron llamar al Ndeaj: andaba casi desnudo, andrajoso y sucio. Le probaron la corona y le quedó mejor que si la hubieran mandado hacer a su medida. La mamá del huérfano, del Ndeaj, estaba muy triste y no quería mandarlo.

–No te preocupes, me voy donde me llaman, pero les voy a dejar aquí un recuerdo.

Los charquitos del huérfano se transformaron en las lagunas; sus canalitos son las barras. Con sus piedritas hizo el Cerro de Huilotepec, que se mira desde lejos y el de Monopostioc que está en medio del mar; el charco más grande se convirtió en la Mar Tileme.

Se arrancó dos bigotes y los echó al mar, ahí se convirtieron en camarones; sembró uno de sus dientes y de allí brotó la sal. Con esas dos cosas se mantienen hasta ahora los huaves.

La gente extranjera se lo llevó hasta Tenochtitlán. Le hacían muchas preguntas pero no supo contestar, porque no sabía español. Fue a la escuela del lugar, pero no aprendió nada, porque no le interesaba sino trazar tierra y hacer casitas. De noche, jugaba con el agua de Tenochtitlán y así les formó un gran pueblo. Enojados, los de la ciudad lo fueron a tirar al mar. Hicieron una caja brillante forrada de plata, lo metieron allí y lo echaron al agua. Un barco que venía de otras tierras se topó con él. Al ver ese brillo flotando sobre el agua el capitán ordenó que sacaran la caja. Cuando la abrieron: ¡Qué sorpresa! Un chamaquito desnudo estaba dentro. Se llevaron al Ndeaj al otro lado del mar y allá sigue haciendo maravillas.

Las viviendas seris

La herencia andariega de sus antepasados hizo de los seris un pueblo nómada dentro de su territorio, el cual comprende las costas e islas de Sonora y parte de Baja California.

En el pasado, las familias seris consideraban que una vivienda era sólo un sitio para habitarlo por poco tiempo, y esta idea sigue convenciendo a las familias de ahora, por eso construyen sus casas de manera muy sencilla, con arcos de ramas entrecruzadas, cubiertas con hojas de palmera y tapizadas por dentro con carapachos de tortuga y esponjas marinas. Miden apenas dos metros cuadrados de superficie por uno de altura.

Sin embargo, ahora las hacen de mayores dimensiones y emplean madera más resistente, trozos de lata o cartón laminado, madera de caja y otros materiales, que luego embarran con lodo.

Además, la mayoría tiene un cobertizo anexo que igual sirve de cocina que de comedor o de sala.

El lecho donde duerme un seri lo constituye por lo regular un montón de arena fina recogida de la playa o, bien, algunos trapos esparcidos en el suelo. Cuando llega el calor duermen en la playa, al amparo de las estrellas y arrullados por las olas. Son realmente muy pocos los seris que duermen en camas; sólo lo hacen jóvenes solteros, y más por novedad que por necesidad.

Nombres de los niños

Éstos son algunos de los nombres que reciben los niños pápagos.

Luz que Gira, Llegada de la Luz del Día, Arco Iris de Viento, Arco Iris como Arco, Escarabajo Brillante, Alba que Canta, Flores Estremecidas, Jefe de los Conejos, Gotas de Agua en las Hojas, Alas Cortas, Agua Espumeante.

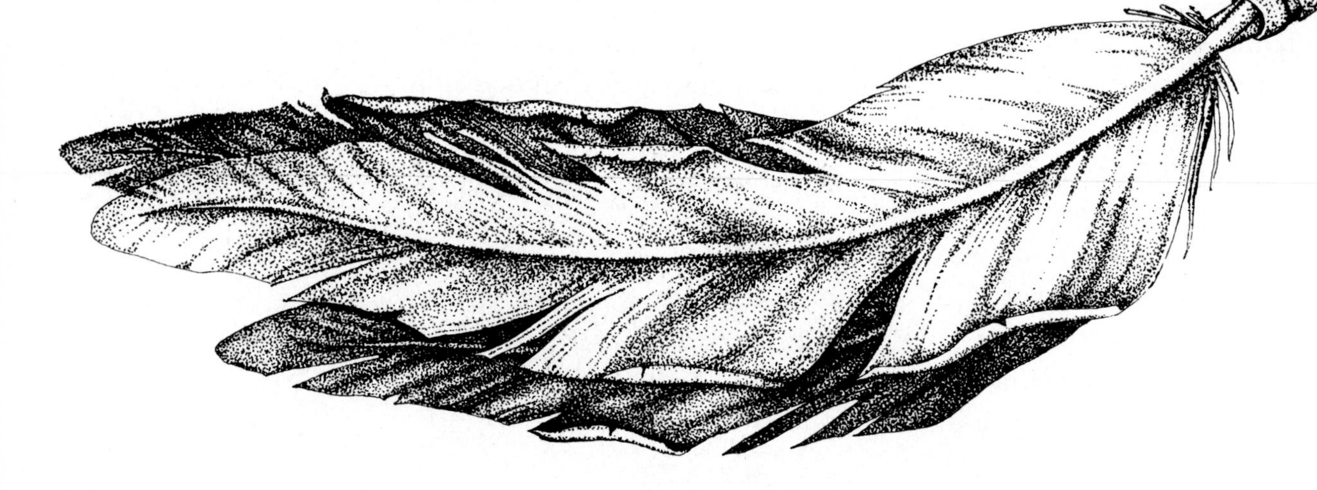

Para nombrar a un niño tewa

La madre y la abuela se paran en el tejado antes del amanecer; la madrina dice:

¡Sol!
¡Lucero matutino!
Ayuda a este niño para que llegue a ser hombre.
Lo nombro
Rocío que cae.
Lo llamo
Estrella de la mañana.

Entonces, la madre arroja un tizón encendido y la madrina pinole sagrado.

Encarnación, una mujer pápago

A fines del siglo pasado había cerca de 8 000 índios pápagos. Cuando Encarnación, Chona, la protagonista de esta biografía, narró su historia, había poco más de 6 500. De éstos, 450 vivían en el lado mexicano y el resto en tres reservaciones de Arizona, en Estados Unidos. La palabra pápago significa en la lengua pima "gente frijolera", y viene de papah, *frijol, y de* óotam, *gente. Ellos se llaman a sí mismos "la gente del desierto":* tóno-óohtam.

Vivíamos en Raíz de Mezquite, donde mi padre era jefe. Era un buen lugar, situado muy alto entre los cerros, pero plano, con una pequeña llanura formada por deslaves donde se podía sembrar maíz. La tunas crecían tan apretadas que en verano, cuando se recogía la fruta, una mata estaba a cuatro pasos de la otra. Había chollas y también árboles de palo fierro. ¡Qué buenas nueces había! Allá volaban las aves, como tórtolas y pájaros carpinteros, y a veces, muy de mañana, se asomaba un conejo grande y las codornices corrían a través de la planicie. Arriba de nosotros estaba el cerro de Quijotoa, el cerro donde se forman las nubes blancas cuando cantamos pidiendo lluvia.

Vivíamos en una choza de yerba, y también nuestros parientes tenían casas iguales, sobre la tierra llana. Nuestras casas eran redondas, sin escape para el humo, y tenían una puerta tan pequeña que debíamos entrar a gatas. Estábamos bien en aquel lugar. El humo podía salir por entre la cubierta de yerbas, y por allí entraba también el aire. Toda la familia dormía a lo largo de la pared sobre esteras de fibra de cactus, bien arrimadas a ella para impedir que se metieran los ciempiés y los alacranes. Los niños dormíamos de dos en dos sobre una estera, pero sin nada encima. Si teníamos frío, poníamos leña al fuego.

Temprano por la mañana, en el mes del frío agradable, solíamos despertar en la oscuridad para oír hablar a mi padre:

–Abran bien las orejas, porque les voy a contar una cosa buena. Despierten y escuchen. Dejen entrar mis palabras –hablaba en voz baja, muy quedo en la oscuridad. Nuestros padres hablaban tan bajo que se podía pensar que estábamos soñando.

–Despierten y escuchen. Ustedes, muchachos, deberían salir y correr. Así serán ligeros en tiempo de guerra. Ustedes, muchachas, deberán moler el maíz. Así alimentarán a los hombres y ellos lucharán contra el enemigo. Deberán ejercitarse en correr. Así, en tiempo de guerra, podrán salvar la vida –durante largo rato mi padre nos seguía hablando de este modo. Si me quedaba dormida, me pellizcaba la oreja y me decía:

–¡Despierta, no seas floja!

Aprendimos que correr era muy importante. Para cualquier cosa teníamos que correr, hombres y mujeres. Las muchachas teníamos que correr muy lejos para traer el agua, porque en Raíz de Mezquite no había. Y todos corría-

mos al ver que se levantaba polvo, pues podían ser apaches que venían a atacarnos.

Mis hermanos también salían a correr. ¡Oh, cómo sabíamos correr nosotros! Toda la mañana hasta que el Sol estaba en lo alto, sin detenernos. Mis hermanos cogían sus arcos y flechas y se iban lejos sobre la planicie. Mi padre decía:

–Si se caen de cansancio allá en las tierras baldías, quizá tendrán una visión. Quizá los visitará un halcón y les enseñará cómo ser ligeros. Quizá conseguirán un pedazo de arco iris para cargar sobre el hombro, de modo que ninguno se les pueda acercar. O quizá el coyote mismo les cante una canción que contenga magia.

Yo ayudaba a mi mamá. Desde muy pequeña empecé a moler las semillas. Cuando cumplí diez años ya molía todo, porque para esa edad una hija debe ser capaz de hacer todo el trabajo y dejar que su madre se siente a tejer cestas. Pero estoy hablando de los días en que sólo podía moler un poquito. Entonces metíamos la piedra de moler a la casa, junto al fuego, y mi madre se arrodillaba frente al metate. Yo limpiaba las semillas y se las pasaba. Mientras, la olla hervía sobre las tres piedras del hogar.

Cuando el Sol estaba alto, alto, mis hermanos y mi hermana regresaban a casa, y según iban llegando, mi madre les daba de comer.

De la olla servía atole en tazones, porque era una buena alfarera. En nuestra casa todos teníamos tazones. Sólo mi padre y mi madre comían en el mismo, riendo, porque se querían. Cuando mi madre servía nuestra comida, decía:

–No la coman caliente, ¡les saldrán arrugas! Mi padre hablaba a los muchachos:

–No la comas caliente por hambriento que estés. Espera que se forme nata. Así serás un corredor y no un hombre gordo.

Cuando terminábamos de comer no se lavaban los platos. Cómo, si no había agua. Limpiábamos las sobras con los nudillos. Sólo mi padre podía limpiarse los dedos entre los dedos del pie, porque era guerrero y había matado enemigos. Los demás los limpiábamos en el suelo y después nos frotábamos las manos. Nos lavábamos la cara con un poco de agua fría, pero sin bañarnos. Luego las muchachas grandes se pintaban con una hermosa pintura roja; puros puntos y manchas. Yo salía a jugar.

Jugaba con niños y niñas, hijos de mis tíos; les llamaba hermanos y hermanas. No usábamos ropa, pero no sentíamos frío. Íbamos a un lugar asoleado para hacer muñecos de hojas de mezquite atados con tiras de hojas de maíz para figurar los brazos, las piernas y la cabeza. Algunas veces los muchachos iban a cazar ratas. Con palos las hacían salir de sus agujeros y las mataban a golpes. Después las asábamos atravesadas en un palo, con todo y piel. ¡Qué sabrosas eran! A veces también íbamos a correr y así entrenábamos para las carreras. Corrí todos los días hasta tener diez años. Entonces tuve que ocuparme de la casa.

No estábamos en Raíz de Mezquite todo el tiempo. Éramos gente

hambrienta, nosotros, los hermanos de mi padre y mis primos que vivían alrededor de nosotros. En los días de invierno mi padre iba a cazar venados. A veces todos marchábamos con él adelante de la frontera mexicana a recoger y asar plantas de maguey y a conseguir tallos para nuestra cestería o barro para nuestras ollas.

Todo el año estábamos al pendiente de dónde crecían las plantas silvestres para aprovecharlas. El Hermano Mayor sembró aquellas cosas para nosotros. Nos dijo dónde estaban y cómo prepararlas. Si no hubiera sido un regalo, uno nunca lo sabría. Por fin maduraban los cactus gigantes, los sahuaros, en todo el cerro. Nos hacía reír de alegría ver tanta fruta en la punta de sus brazos y los hombres las señalaban y decían:

–Miren cómo crece el licor.

¡Qué bien vivíamos en el campo de los cactus! En las noches, cuando mi padre se acostaba a dormir, cantaba canciones acerca del licor del cactus. Y podíamos oír canciones en el campo de mi tío, al otro lado del cerro. Todos cantaban. Sentíamos como si una cosa muy hermosa viniera. Porque la lluvia ya venía y con ella el baile y las canciones. Cuando empezaban a llegar lluvias de corta duración, hacíamos mucho, mucho licor y lo bebíamos para hacer que bajaran las nubes. Yo era muy pequeña para beber. Me subían al techo de la casa junto con mi hermana grande. También nuestros jarros de licor estaban allá arriba. El techo de la casa era el único lugar seguro. Oíamos a la gente cantar frente a la casa del Concejo. Luego comenzaban a beber. Se emborrachaban gloriosamente, porque así es como se dice en nuestras palabras. La gente debe emborracharse como lo hacen las plantas en la lluvia y deben cantar de felicidad. Cuando se les acababa el licor nos pedían que les bajáramos del techo un jarro nuevo. Cada uno, después de beber, cantaba una canción. Y así se pasaban el día. A la mañana siguiente, llegaba un pariente y decía:

–Tus padres están durmiendo junto al arroyo. Que uno de los niños vaya y se quede con ellos hasta que despierten, así que mi hermana iba. Mis hermanos también estaban borrachos, pero no sabíamos dónde. Finalmente mis padres se despertaban y llegaban muy felices a la casa. Duraban varios días cantando.

¿Qué hacer con los dientes?

Cuando los dientes de los niños se caen, los huaves los siembran y los riegan, para que los dientes que vengan después crezcan bien.

❦ Las mamás esquimales meten los dientes de leche en un pedazo de carne y se los dan a comer a los niños, porque son parte de su mismo cuerpo.

❦ Los niños zapotecos salen fuera de la casa y echan los dientes sobre las tejas, para que los nuevos dientes les salgan parejitos como tejado.

❦ Los hopi salen de casa y esperan a que aparezca el Dios Sol; entonces le arrojan el diente caído y le piden otro. Hay que lanzarlo tan lejos como sea posible y pedir que el nuevo diente sea tan duro como las piedras donde cae.

❦ Los padres mexicas echaban el diente que se había caído en un agujero de ratón, porque decían que si no lo echaban en casa del ratón, no nacería el nuevo diente y el muchacho se quedaría *chimuelo*.

Chimuelo: *desdentado*

Cómo apareció la gente en el mundo

Todas las cosas que hay sobre la Tierra aparecieron cuando el Señor Tlalocan ordenó que todo brotara y reverdeciera. Las montañas se pintaron de verde con las yerbas tiernas y aparecieron todos los animales.

–¿Quién va a utilizar tanta riqueza? ¿Quién podrá terminarla? –se preguntaba el señor Tlalocan.

Todo se quedaba igual, nada menguaba. El señor Tlalocan hizo entonces dos seres con más entendimiento, para mandar sobre lo que ya estaba; el hombre usaría el mundo y la mujer haría el nido y en todo le ayudaría. Eso decidió el Señor Tlalocan cuando los puso sobre la Tierra. Los dejó allí y luego los espió. Solamente andaban como sombras, no se hablaban ni se acercaban uno al otro.

–¿Qué haré? –se preguntaba.

Les puso varias trampas para hacerlos hablar entre sí. Nada. Por fin dio con la solución:

Juntó un puñado de piojos y los dividió en dos partes. Echó una en la cabeza del hombre, la otra en la de la mujer.

¡Ahora sí! Entre las pocas cosas que no puede hacer una persona sola está despiojarse.

El hombre y la mujer comenzaron a rascarse y rascarse. Se comenzaron a espulgar uno al otro. Y como eso toma tiempo, se pusieron a platicar de corazón.

Así se unieron el hombre y la mujer y de ellos nacimos todos los que estamos en esta tierra.

La batalla del mono y el tigre

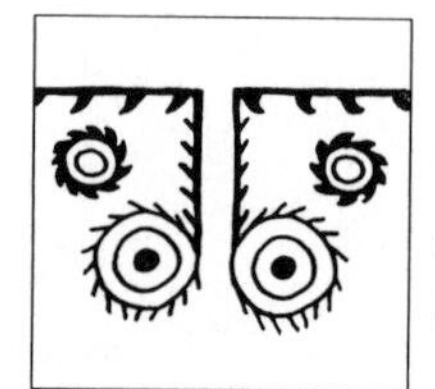

En la selva amazónica, por la región del Alto Marañón, vivía un tigre muy temido y peligroso. Todos los animales lo respetaban. Un día, el tigre encontró en su camino a Machín, el mono blanco más travieso que existe.

El tigre rugió y le dijo:

–¡Hoy te como!

–Por favor, tío tigre, no me comas –pidió Machín.

–Te voy a comer ahora mismo. Y no me llames tío, tú no eres mi sobrino. Lo que pasa es que me tienes miedo.

Como el mono vio que el tigre hablaba en serio, pensó en un truco para escapar a sus garras y sus dientes.

–Tío tigre. Tengo una mejor idea. En lugar de que me comas, vamos a pelear en una guerra. Tú juntas a todos los animales que quieras para hacer tu ejército. Yo voy a formar el mío con puros insectos. Así veremos quién de los dos gana.

El tigre se quedó pensativo un buen rato, pero al final aceptó lo que Machín le proponía. El tigre y el mono se despidieron para comenzar a prepararse.

El tigre fue reuniendo un tremendo ejército de animales conocidos y desconocidos. Juntó primero a los pumas, luego invitó a los osos, sajinos y huanganas.

Reclutó a los venados, nutrias, osos hormigueros, conejos, majaces, añujes, armadillos, sachavacas, ronsocos y algunos más.

Mientras tanto, el mono blanco, inquieto como siempre, trabajaba duro para formar un poderoso ejército. Llamó a las avispas, arañas, abejas, hormigas, alacranes, moscos, zancudos, isangos y piojos.

Al otro día, el tigre estaba preocupado. Quería saber lo que preparaba Machín. Así que envió a un conejo de su ejército para que lo espiara. El conejo llegó a campo enemigo, pero muy pronto los insectos se dieron cuenta de que los observaba y lo picaron por todas partes. El conejo corrió lo más aprisa que pudo y, cuando llegó a su campamento, el tigre le preguntó por qué tenía el cuerpo tan hinchado. El conejo respondió:

–Machín me invitó a un gran banquete: me dieron a beber masato de pijuayo maduro y patarashca de boquichicos asados. Por eso es que engordé.

Al fin llegó el esperado día del combate. El tigre se presentó primero con todos sus animales de la selva. El venado iba hasta adelante y en su rabo levantado llevaba la bandera. Por el otro lado aparecieron el mono blanco y su ejército de insectos que volaban y zumbaban.

El mono y el tigre se dieron la mano y enseguida comenzó la lu-

cha. Machín trepó a un árbol para dirigir mejor la batalla. Desde allá arriba daba las órdenes:

–¡Abejas a las orejas!

Todas las abejas se lanzaron directamente a las orejas de los animales y los picaban y mordían, de modo que ellos casi no oían la voz de mando del tigre.

–¡Avispas y piojos a los ojos! –seguía gritando el mono.

Avispas y piojos derechito se dirigieron contra los ojos de los animales que ya no pudieron ver nada.

Machín, saltando de rama en rama, continuaba dando órdenes:

–"¡Hormigas a las barrigas!

Las hormigas subieron por las patas de los animales y les mordieron la barriga.

De esa manera, en poco tiempo, el tigre se rindió y los animales que habían formado su ejército se echaron a correr por la selva. Quizás hoy todavía sigan corriendo.

Feliz por el triunfo de su ejército de insectos, Machín, el mono blanco, regresó a casa con su familia.

El tigrillo y el tlacuache

El tlacuache invitó al tigrillo a comer chicozapotes.

Maduros caían los frutos al pie del árbol. Allí los enterraron para comerlos al día siguiente. Más tarde, el tlacuache regresó y sacó los chicozapotes del tigrillo; en su lugar enterró unas bolas bien amasadas de caca.

Al otro día fueron a desenterrar las frutas.

–¡Qué buenos están los zapotes, bien maduros! –decía el tlacuache.

–Sí, están bien sabrosos.

–¿Sabroso el cacote que te estás comiendo, primo?

–¿Qué dices?

–Nada, que tus zapotes se ven más maduros.

–Ah –y el tigrillo seguía comiendo.

Así siguieron.

–¿Ya terminaste? –dijo el tigrillo–, yo ya estoy bien lleno.

–¡Te comiste mi caca, primo! ¡Te comiste mi chicocacote, mi cacazapote!

El pobre tigrillo vomitó cuanto había comido, lleno de asco. Cuando se repuso salió tras el tlacuache para matarlo. Lo vio, colgado de una liana.

–¿A dónde vas, primo?

–Ando buscando a un tlacuache que me hizo comer porquerías –dijo, sin reconocerlo.

–Yo no fui, primo, yo no he salido de mi casa, aquí me estoy. ¿Quieres jugar con las lianas?

–Bueno.

El tlacuache sabía cómo enredar y desenredar las lianas. Les hablaba unas palabras y subían y bajaban.

–¡Qué divertido!

Se balanceaban. El tlacuache decía las palabras mágicas y la liana se enredaba en las ramas, o bajaba. El tigrillo lo intentó. Cuando iba a medio camino el tlacuache dijo las palabras y lo detuvo en el aire, y como el tigrillo no sabía como mandar a las lianas, se quedó meciéndose en el aire.

El tlacuache, desde abajo, se burlaba:

–Te comiste mis cacazapotes, primo.

–Nada más te encuentre, verás –le gritaba el tigrillo desde el aire.

Cuando logró bajar, lo buscó. Se lo topó, sentado junto a un bule.

–Ando buscando a un tlacuache, que me hizo comer excrementos.

–No, yo no he salido, estoy cuidando mi bule de miel, de aquí no me he movido.

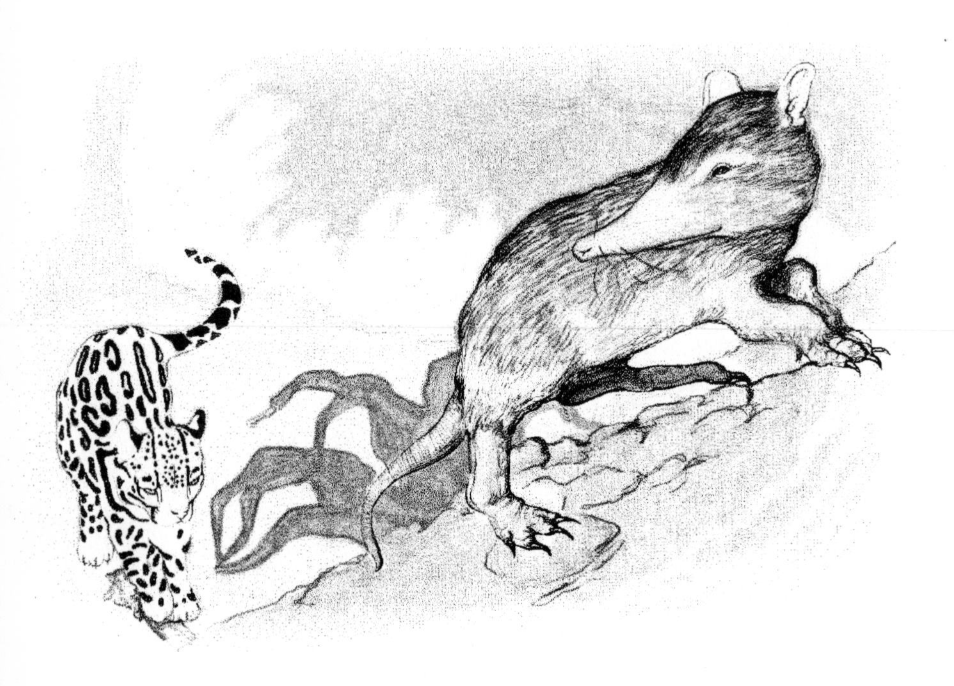

–Ah.

Lo invitó a sentarse con él.

–¿Te gusta mi casa, primo?

–Sí, está bonita.

–Oye, ¿no quieres miel? Está muy buena.

–Sí.

El tigrillo volteó el bule y como sólo tenía avispas le picaron la cara. Mientras, el tlacuache escapó. El tigrillo le gritaba:

–Me la vas a pagar, ahora sí no te me escapas.

El tlacuache también sabía hablar con las piedras. Cuando el tigrillo lo alcanzó de nuevo, el tlacuache dijo:

–¡Ábrete piedra! –y se metió por la hendedura.

–¡Roca, ciérrate! –y la piedra se cerró tras él.

El tigrillo gritaba:

–Ábrete, ciérrate, ábrete.

Pero las piedras no lo obedecían y el tlacuache se escapó.

Cuando por fin lo encontró, el tlacuache tramposo estaba en lo alto de una ceiba, a orillas de un lago. El tigrillo no podía alcanzarlo, llamó a los jabalíes para que lo ayudaran a desenterrar el árbol.

El tlacuache se transformó en zorrillo y los orinó desde arriba: ya no pudieron ver, ya no desenterraron el árbol.

El juego de los lechuzazos

Los mexicas dividían el año en dieciocho meses de veinte días. En cada uno de estos meses realizaban distintas ceremonias en honor a sus dioses. Chicos y jóvenes esperaban ciertas fiestas que prometían alegría compartida. Ése era el caso de la fiesta *Tititl*, cuando la comunidad se reunía para jugar a los "lechuzazos".

Para el evento todo mundo fabricaba pequeñas redecillas rellenas de materiales blandos, como hojas, tallos y tiras de papel. Les ataban cordeles, largos como un brazo, para hacerlas girar y usarlas como armas, y las llamaban "lechuzas". Algunos diseñaban su bolsa en forma de mano y la llamaban "lechuzamano". No todos jugaban limpio; había quien llenaba su malla con hojas duras y hasta con piedras, a pesar de que estaba prohibido.

El juego se iniciaba entre los más pequeños. Tímidos golpes abrían la lluvia de lechuzazos, todos contra todos. Enseguida los jóvenes entraban a la disputa pegando cada vez con más fuerza. Al cabo de un rato la multitud era un torbellino de alboroto, porrazos y heridos.

De repente, los muchachos dejaban de pelear entre sí: ahora el juego consistía en atacar a las mujeres. Poco importaba que fueran jóvenes o viejas, grandes o pequeñas, bastaba que alguna se cruzara por el camino para someterla a una ronda de lechuzazos que no cesaría hasta ver brotar las lágrimas. Algunas muchachas se protegían con un garrote, otras nada más se tapaban la cara, pero ninguna podía andar desprevenida, pues cualquier chico podía ocultar su lechuza bajo las mantas de su ropa.

Los naguales: animales compañeros de los hombres

Los indígenas de México creen que al mismo tiempo que nace un niño o una niña, nace también un animal y que la suerte de ambos es semejante: lo que sucede a la persona le pasa al animal y lo que acontece al animal lo resiente la persona. Si el animal muere, la persona morirá muy pronto. A ese animal que es compañero de una persona se le llama *nagual.*

Los huaves, que viven en la costa sur de México, creen que cada persona tiene tres naguales que la acompañan desde su nacimiento, uno de aire, uno de tierra y otro de agua. Los naguales pueden ser animales o también un rayo o un viento o un trueno. Uno

de estos naguales es el principal y los otros dos no son tan importantes; si uno de los naguales menores muere, la persona puede seguir viva. Dicen que la persona que ve la cara de su nagual adquiere mucho poder, porque puede aprender a tomar la forma de ese animal.

Antes se podía saber mejor cuál era el nagual de cada persona: se reconocía al fijarse cómo se portaban los niños. Las madres veían a sus hijos para saber qué animal era su nagual: si un niño dormía sin cerrar los ojos, su nagual debía de ser culebra. Si a otro le ladraban mucho los perros era señal de que su nagual era un tlacuache o algún animal de monte, que no se para por el pueblo. Cuando alguien no se podía estar quieto y de cualquier cosa brincaba, nervioso, a lo mejor tenía nagual tigre. Se sabía si una mujer era viento del sur en la forma de caminar. Un hombre era culebra si caminaba como por abajo, agachado.

Eso era posible antes porque tardaban en bautizar a las criaturas y se les notaba más su nagual. Ahora ya no es tan fácil, porque un nagual apenas se deja ver en personas ya bautizadas y con nombres cristianos, ya benditos.

Los jaguares del amanecer, los jaguares del anochecer

Contaban los antiguos mayas que en otro tiempo, cuando el mundo era nuevo, los jaguares de *K'in Ich Ahau,* el Padre Sol, se devoraron unos a otros.

Los jaguares del amanecer vivían en el Oriente, que es de donde viene el Padre Sol, y eran muy feroces. Los jaguares del anochecer eran más numerosos y vivían en el Poniente, que es hacia donde va el Padre Sol. Todos eran verdaderamente grandes; eran enormes los dioses jaguares.

Los jaguares del amanecer no querían ver a los jaguares del anochecer en el cielo y por eso lucharon contra ellos, pata a pata, cabeza a cabeza, garra a garra, diente a diente.

Se mataron unos a otros en la selva, a la mitad del camino entre sus casas. Los jaguares del amanecer esperaron a los otros para enfrentarlos. No les importó que fueran más numerosos. Conforme iban llegando los mataron.

Fue así como los jaguares del amanecer vencieron a los jaguares del anochecer. Por eso, cuando *K'in Ich Ahau* aparece por el Oriente y cuando se esconde por el poniente, el cielo se tiñe de rojo con la sangre de los jaguares.

El juego del oso guardián

Los indios de los bosques del norte de América vivían de la caza. Conocían bien a los animales que poblaban esas tierras: lobos, osos, gatos monteses y muchos otros. El oso gris, grande y majestuoso, imponía respeto a hombres y animales por igual.

Por eso, los niños indios juegan al oso guardián. Pueden jugar entre seis y veinticuatro chicos. Uno de ellos es el jefe. Otro es el oso guardián, que tiene una cuerda de unos nueve metros de largo atada a la cintura. La otra punta de la cuerda la sostiene el jefe. Los demás jugadores son los ladrones.

Se marca en el suelo un círculo de unos nueve metros de diámetro. En su centro se colocan tres palos cortos, separados 30 centímetros uno del otro. A tres metros del centro se marca el lugar que ocupa el jefe del oso guardián. A su lado, ya amarrado, se coloca el inquieto oso. Su labor consistirá en tocar, si puede, a los ladrones que entren al círculo para robar uno de los palos. Puede ir por ellos en cuanto entran al círculo, cazarlos cuando se acercan por el palo, o perseguirlos cuando intenten salir. Fuera del círculo no les puede hacer nada.

El jefe no puede atrapar a ninguno de los atacantes, pero puede usar diferentes tretas para ayudar, como inventar claves para que el oso se dirija a uno u otro lado del círculo, o como señalar de pronto a un jugador que entra al círculo y gritarle al oso que lo atrape, pero el oso sabe que en ese momento debe ir tras otro jugador, al que se ha engañado con esta señal.

El juego comienza a una señal del jefe, y continúa hasta que los jugadores logren sacar todos los palos del círculo, o hasta que el oso haya tocado a todos.

Los niños que se fueron al cielo

Hace mucho tiempo un grupo de onondagas, que habitaba en los grandes bosques del este de Norteamérica, abandonó su aldea para buscar un mejor lugar donde vivir. Su jefe se llamaba Hayanho y era un hombre muy sabio. Les contó que años atrás había visto un paraje lejano donde abundaban los animales de caza y los manantiales. Los indios decidieron emprender el camino sin importarles la enorme distancia que debían recorrer.

Caminaron muchos días, atravesaron campos silvestres, ascendieron colinas y cruzaron ríos. Al caer la noche detenían su marcha y levantaban sus tiendas para dormir; a la mañana siguiente reemprendían la caminata. Un día de otoño llegaron a un hermoso lago, rodeado de montañas rocosas coronadas por bosques de pinos. Muchos peces nadaban en las aguas. Los venados bajaban de las colinas cercanas para bañarse o beber agua. En los bosques había frutas y árboles de castañas, allí jugueteaban los castores y los osos iban a comer en la mañana y en la tarde.

En cuanto los onondagas llegaron, Hayanho los reunió en la orilla del lago y pronunció una plegaria de agradecimiento al Gran Espíritu por haberlos protegido en su peregrinar:

Pasaron los placenteros días de otoño y los niños tomaron la costumbre de bailar para entretenerse, pues no tenían otra cosa que hacer. Diariamente salían solos de sus tiendas y se reunían a danzar en un punto silencioso cerca del lago.

Durante algún tiempo los pequeños repitieron su juego. Un día se les acercó un anciano. Nunca antes habían visto alguien como él, vestido con plumas blancas y

con una cabellera tan blanca que brillaba como la plata. El extraño viejo dijo cosas realmente temibles, les advirtió que dejaran de bailar o podría pasarles algo muy malo. Los niños no tomaron en cuenta su amenaza, pero el viejo apareció varias veces y la repitió.

Pasaron los días y las danzas dejaron de ser tan divertidas como antes. Entonces, los niños pensaron que podrían hacer una cena al final del baile. Esa tarde pidieron permiso para llevar comida la próxima vez que salieran a jugar.

–Desperdiciarán y echarán a perder buenas provisiones –contestaron las madres.

–Pueden comer en casa, como deben –respondieron los padres.

Los niños se pusieron muy tristes, pues no es agradable tener el estómago vacío, pero continuaron danzando todas las tardes. Un día, mientras bailaban, comenzaron a

elevarse en el aire. Sus cabezas brillaban por el hambre. ¿Cómo pasó eso? No lo supieron, pero uno de ellos dijo:

–No miren hacia abajo porque algo raro está sucediendo.

Una mujer de la aldea que lavaba ropa en el lago los vio elevarse. Los llamó a gritos pero no obtuvo respuesta, los niños subían y subían en dirección al cielo. Entonces la mujer corrió al campamento para dar aviso y todos los adultos salieron llevando comida.

–Hijos, aquí está el venado y la carne de oso. Vuelvan, tomen estos alimentos. Hay pescado y frutas para todos –gritaban los padres llorando, pero los niños ya no regresaron.

Sólo uno volvió la cabeza y en su caída se convirtió en estrella fugaz. Los otros alcanzaron el cielo y formaron la constelación de la *utcuata,* ese grupo de siete estrellas pequeñas que todas las noches brillan en el firmamento y que también se llaman las Pléyades.

Cada estrella fugaz hace que los onondagas recuerden esta historia y cada vez que la noche deja ver las estrellas, miran hacia las *utcuata* y saben que son un grupo de niños que no dejan de bailar.

Sombra

¿Dónde encuentra sombra el caballo?
Bajo la sombra de un árbol.
Sombra.
¿Dónde encuentran sombra las vacas?
Bajo la sombra del árbol.
Sombra.
¿Dónde encuentran sombra los pollos, los guajolotes, los patos?
Bajo la sombra de un árbol.
Sombra.
¿Dónde encuentran sombra los jabalíes del monte?
Bajo la sombra del árbol.
Sombra.
¿Dónde encuentran sombra los pájaros?
Bajo la sombra de un árbol.
Ésa es la razón de la sombra:
para sombrear animales y hasta personas.
Sombra.

Cómo era el mundo según los mexicas

Decían los viejos mexicas que el mundo en que vivimos es cuadrado y está completamente rodeado por el mar. A cierta distancia de la Tierra, el agua se levanta como una pared y se eleva hasta el cielo. Por eso el océano es azul como el firmamento y se llama el agua del cielo.

La Tierra está dividida en cuatro rumbos. Cada uno es como el pétalo de un trébol de cuatro hojas y tiene su color y su nombre: el Oriente es rojo y se llama *Caña,* porque las matas de caña se elevan como el Sol al amanecer; el Norte es negro porque es el rumbo de la muerte y se llama *Pedernal,* pues los cuchillos de piedra son negros; el Poniente es blanco y se llama *Casa,* porque es la casa donde se mete el Sol; el Sur es azul y es el rumbo de la vida, se llama *Conejo* porque los conejos son los animales que más se mueven. El centro del mundo es verde, como las piedras preciosas que llamamos chalchihuites. Ahí es donde todo se reúne en paz y equilibrio.

En cada rumbo de la Tierra hay un inmenso poste que sostiene el cielo. Los postes tienen forma de trenzas, porque por ellos bajan y suben los dioses que viven en el cielo o bajo la Tierra. De esta manera vienen a la Tierra a ayudarnos o a hacernos daño. Los brujos saben subir por esos postes para hablar con los dioses.

Sobre la Tierra hay trece cielos. Los nueve más altos son de los dioses. Hasta arriba vive el dios que lo creó todo, el Dios Doble. Es hombre y es mujer, pues en el mundo todas las cosas son masculinas o femeninas. Se llama el Señor que está cerca y está lejos porque abarca todo el mundo. Más abajo están las casas de los distintos dioses y de las culebras de fuego, los cometas y las señales que vemos en el firmamento. En el quinto cielo arde un fuego azul que pinta el firmamento de ese color.

Dicen que el Cielo es nuestro padre y que él fecundó a nuestra madre, la Tierra, para que nacieran el Sol y el mundo en que nosotros vivimos. De su unión nacieron los cuatro cielos que están sobre la Tierra. El cuarto cielo es blanco como la sal y en él viven todos los pájaros. En el tercer cielo vive el Sol y debajo de él vive la mujer de la falda de estrellas, que cubre el cielo todas las noches y lo ilumina con cientos de luces. En el cielo más bajo, entre las nubes, vive la Luna, que siempre anda detrás del Sol pero nunca lo puede alcanzar.

Debajo de la Tierra hay nueve mundos más. En el primero están las venas de la Tierra, que traen el agua del mar hasta las montañas. Las montañas son como cántaros inmensos pues tienen piel de piedra pero están huecas por dentro. Cuando llueve es porque las aguas guardadas en las montañas salen al cielo a través de las cuevas y se hacen nubes.

Los otros ocho mundos que hay debajo de la Tierra son del reino de los muertos.

Por qué el cielo no se nos cae encima

Algunas tardes, cuando los pájaros y los animales de la selva guardan silencio, los cashinahuas que toman el fresco frente a sus *malocas* pueden oír el ruido lejano de unas hachas. Es un rumor muy apagado, parece que ha caído un pedazo de cielo muy lejos, quién sabe dónde.

Malocas: *casas*

Ése es el ruido que hacen los habitantes del cielo cuando cortan el árbol que sostiene el mundo. El cielo no se cae sobre nosotros porque hay un árbol inmenso que lo carga, así como el poste central de una maloca sostiene el techo. Pero los que viven allá arriba, los hombres del cielo, lo quieren derribar. Todos los días rodean el árbol y cortan el tronco con sus hachas. Ése es su trabajo, como el de los hombres de la Tierra es cortar los árboles del bosque para plantar maíz y mandioca en su lugar.

Al atardecer, como nosotros, los habitantes del cielo regresan a sus malocas a descansar. Dejan sus hachas junto al árbol, porque planean continuar su labor al día siguiente y derribar el árbol lo más pronto posible.

Pero alguien malogra su propósito sin que ellos lo sepan: los comejenes. Esos animalitos llegan al árbol durante la noche y trabajan hasta el amanecer, rellenando los agujeros que los hombres hicieron en el tronco.

Por eso, cada mañana los del cielo encuentran el tronco completamente remozado, como si nunca lo hubieran cortado, y tienen que empezar su labor de nueva cuenta.

Son los comejenes los que salvan a los hombres de la Tierra. De no ser por ellos, el cielo caería sobre nuestras cabezas. Por ello, siempre que oyen el atareado ruido de las hachas en el cielo, los cashinahuas agradecen a los pequeños insectos.

Romi-kumu hace el mundo

Al principio el mundo estaba hecho solamente de roca. En la inmensa roca vivía una mujer, llamada Romi-kumu, que era una *chamana* muy poderosa. En las noches tenía la cara arrugada y triste de una anciana, pero en las mañanas, después de bañarse, volvía a ser joven. Nunca se hacía vieja porque cambiaba de piel todos los días.

Romi-kumu fabricó una vez un *comal* de barro, redondo y delgado, como los que usan todavía los barasana y los demás pueblos del Amazonas para preparar pan de casava. Para sostenerlo hizo tres soportes de barro, iguales a los que los barasana ponen alrededor de sus fogones para sostener el co-

Chamán(a): *persona con poderes mágicos*

Comal: *plancha de barro o metal que se pone sobre el fuego*

mal. Pero estos soportes eran grandes como montañas y el comal, que era también inmenso, quedó tan alto que se convirtió en el cielo. Así fue como Romi-kumu creó el mundo, con sus primeros hombres.

En la orilla del mundo Romi-kumu hizo una puerta para detener toda el agua que estaba afuera. La llamó la Puerta del Agua. Pero el mundo estaba demasiado seco y Romi-kumu decidió dejar entrar el agua. Cuando abrió la puerta entró tanta agua que la tierra se inundó.

El agua llegó hasta la maloca donde vivían los hombres y creció tanto que los tapó. Los hombres, las mujeres, los ancianos y los niños tuvieron que trepar al techo para no ahogarse y agarrarse bien de las vigas para que no se los llevara la corriente. Pero eso no fue lo peor, porque entonces todos los objetos de la casa se convirtieron en animales temibles. El barril que usaban para fermentar la cerveza de mandioca y el cedazo que servía para preparar la coca se volvieron dos larguísimas anacondas. El poste que sostenía la lámpara de resina se transformó en un caimán de inmensos dientes. Las cajas y los platos se convirtieron en muchísimas pirañas feroces.

Desde el techo, los hombres vieron cómo sus cosas se transformaban en animales pero no pudieron hacer nada. Los nuevos animales atacaron a la gente. ¡Qué miedo! Los hombres que trataban de huir de las fieras se ahogaban en la inundación, los demás eran comidos por los objetos que ellos mismos habían fabricado.

Casi todos los habitantes de la maloca murieron devorados. Sólo unos cuantos alcanzaron a huir en canoas y se reunieron hasta arriba de una montaña, donde ni el agua ni los animales los podían alcanzar. Pero ahí tampoco pudieron descansar porque tenían mucha hambre y no había alimentos. Por eso terminaron comiéndose unos a otros.

Después de la inundación llegó el verano. Entonces sucedió algo todavía más terrible: el Sol se detuvo en medio del cielo. Brillaba tanto que secó todos los ríos, las plantas y hasta los ojos de los animales. Todo estaba tan caliente que la Tierra terminó por incendiarse. El mundo se quemó entre las llamas furiosas y, entonces sí, ningún hombre pudo escapar.

Fue tanto el calor que se quebraron las montañas de barro que sostenían el cielo. El comal que había hecho Romi-kumu cayó sobre la tierra y la hundió. Cuando terminó aquel terrible incendio, Romi-kumu fabricó un nuevo comal para el cielo, que es el que todavía vemos. Por eso, lo que era la Tierra es ahora el mundo que está debajo de la Tierra y los hombres actuales viven sobre los pedazos del comal que antes era el cielo.

Ésta es la historia que cuentan los chamanes barasana, porque ellos la aprendieron de la propia Romi-kumu, la gran chamana que hizo nuestro mundo.

El perro y el coyote

Una vez se encontraron el perro y el coyote. Eran primos, les dio gusto saludarse. Comenzaron a platicar.

–No, la vida en casa de mi amo es dura –decía el perro–. En cambio tú, vives en el monte y eres libre. Eso es vida.

El coyote, en realidad, se moría de hambre, hacía días que no comía. Siguió contándole al perro:

–Sí, soy muy feliz. En el monte no me falta nada: hay agua, hay comida, puedes comer hasta llenarte. Cuando te fatigas, descansas. Si te dan ganas, puedes viajar a donde quieras.

El perro oía al coyote lleno de envidia.

–¡Qué bonito sería vivir así! Pero no puedo, mis amos no me lo permiten.

—No te preocupes. Si quieres, yo te ayudo —dijo el mañoso coyote—. Vamos a cambiar de pieles.

Cambiaron de pieles y el perro se fue al monte. ¡No, la vida era

durísima! ¡Cuál dormir! Había que estar pendiente de los animales más grandes a cada momento. ¡Cuál comer! Apenas encontraba una presa cada tercer día.

El perro decidió volver al rancho. Buscó al coyote y no lo encontró, pero husmeando por la enramada vio su piel de perro y se la puso. Ladró para que lo reconocieran sus amos y entró a calentarse al fogón. Cuando su amo lo vio comenzó a apalearlo mientras le gritaba:

—¡Desgraciado! ¡Ladrón! ¡Mal amigo! ¿Así nos pagas?

—Pero, amo, ¿qué pasa, por qué me pegas? Soy yo, tu perro.

—Sí, el que se comió las gallinas y se bebió toda la leche, el que acabó con las chivas.

En eso, mientras recibía los golpes de su amo, el perro vio a su primo el coyote, que se puso su piel y agarró para el monte.

Gregorio Condori Mamani

Ésta es la historia de la vida de Gregorio, un indio quechua del Perú. En este primer volumen nos cuenta de su infancia.

Me llamo Gregorio Condori Mamani, soy *runa*, mi lengua es el quechua. Vengo de Acopia, un pueblo que está en la sierra, no muy lejos del Cusco.

Fui un niño huérfano. No sé si mi madre me parió para un casado, para un soltero o para un viudo. No sé quién es mi padre. Eso sólo lo sabe ella, que ya murió y ahora es alma. Lo único que sé es que una vez mi tío Luis me dijo que mi madre me arrojó a esta vida en el pueblo de Layo. Ése es mi legítimo pueblo porque ahí nací, pero nunca lo he visitado.

Cuando era muy niño y no reventaba mi boca ni para decir mi nombre, mi madre me entregó a mi madrina para que me cuidara, porque ella no tenía hijos. Crecí con ella. Pero su esposo era muy tacaño y me pegaba por todo, hasta por lo que comía, y a veces me hacía sangrar.

Era muy pobre y huérfano, y estaba en poder de mi madrina. Ella me cortó los cabellos. Un día, cuando ya era grandecito, me dijo:

Runa: *indio quechua*

–Ahora que ya tienes fuerzas y los huesos duros, tienes que ir a trabajar. Te haré, pues, tu fiambre para que vayas a buscar un trabajo, a ver si traes plata siquiera para la sal de la sopa *lawa* que comes. Ya no te puedo mantener porque mañana tendrás mujer e hijos, y a lo mejor te toca una mujer que no te vaya a ayudar en nada, y entonces me puedes maldecir. Y yo no quiero que después de mi muerte alguien me maldiga; porque me puedo volver un alma penante. Así, será mejor que tú solo, desde

ahora, aprendas a tejer tu vida para que mañana mantengas a tu familia.

Así me habló mi madrina y le respondí:

–Bueno, mamá.

Entonces, desde ese día, en mi corazón se prendió, como alfiler, la idea de salir de la casa de mi madrina para ir a buscar trabajo. Poco después llegó un arriero a mi pueblo. En muchos caballos y mulas traía sal y azúcar para cambiarlas por lana, *chuño* y moraya. Me dijeron que ese arriero llevaba chiquitos al Cusco para que trabajaran de sirvientes en las casas de sus compadres. Lo busqué para decirle que me llevara con él. Cuatro días más tarde salimos del pueblo.

Chuño: *harina de papa*

Camaretazos: *ruido de fuegos artificiales*

–Era tiempo de lluvias; la lluvia y la nevada caían día y noche, hasta que las lomas y las pampas quedaban blancas, todas cubiertas de nieve. Creo que partimos un día martes, casi sin saber a dónde íbamos, porque no se veía el camino. Las mulas y los caballos andaban al tanteo, y ya por la tarde, cuando el Padre Sol estaba bien inclinado, salió un ratito; los cerros se pusieron blancos, reverberando de luz y empezaron a arder como espejos. Más tarde nos detuvimos a dormir y cuando estábamos bajando las cargas de la piara de mulas, empezó una lluvia fuerte y los truenos caían a nuestro lado, reventando como *camaretazos* muy fuertes. Todos nos asustamos. Las mulas y los caballos, de puro susto querían salir de su corral para escaparse y el arriero nos ordenó que los sujetáramos. Así nos quedamos toda la noche, abrazados a los animales.

En medio de esa lluvia, todo mojadito, mis ojos empezaron a dolerme, como si los hubiera tocado un fierro candente como el que se usa para marcar caballos. Creo que el Sol de la tarde me quemó los ojos. Como nunca me habían dolido con ese dolor que dan ganas de arrancárselos, empecé a gritar. En eso me dijo otro peón:

–No seas bruto, indio: bájate el pantalón, amontona harta nieve y siéntate encima; verás que tu dolor va a pasar.

Hice lo que me dijo y bajó un poco el dolor de mis ojos, pero al día siguiente estaba enfermo y tenía las nalgas todas hinchadas. No pude seguir al arriero y sus hombres y me dejaron encargado en una estancia de ovejeros. Ahí me curó la señora de la casa.

Ojalá a esta señora de buen corazón el Señor la haya hecho sentar a su lado, porque ella es la que me salvó cuando yo ya estaba caminando a la otra vida.

Seguro mi estrella era quedarme dando vueltas por la sierra, penando pueblo tras pueblo. Como no sabía el camino que habían tomado los arrieros, cuando me curé me quedé con la familia de ovejeros.

Pero el dueño de la estancia tenía hartos chiquitos que eran unos diablos pendencieros y querían pegarme a menudo. Yo no me dejaba. Ellos jode y jode, hasta que se me acababa la paciencia y les pegaba y los hacía chillar. Por eso varias veces me fuetearon.

Como en ese lugar había poca comida y me maltrataban, regresé a Acopia, a casa de mi madrina. Creo que a ella le dio gusto verme,

pero su esposo seguía pegándome por todo. Por eso me volví a ir poco después.

Estoy seguro que mi madrina lloraría cuando se enteró que me fui, porque no sabe nada de mí desde que salí de Acopia. Seguro que lloró siempre, seguro que siempre me buscó.

"¿Dónde está mi pobre hijo?", diría. "¿Dónde está mi Gregorio? ¿Dónde se ha ido? ¿Habrá subido al cielo? ¿Se lo llevó el río? ¿Lo enterró el cerro?"

Viajé con un carnicero que dormía afuera de los pueblos bajo un toldo que él mismo llevaba. Yo lo ayudaba arreando sus ovejas y él me daba de comer, pero una noche me abandonó en plena pampa. Lo busqué varios días hasta que una señora me recogió para que le cuidara sus ovejas. Después me fui al pueblo de Sicuani con unos arrieros que pasaron por su casa. Ahí viví con otro carnicero.

Pero este carnicero también era diablo. Me pegaba mucho. Mi oreja ya no era oreja. Mi espalda ya no era espalda. Me pegaba demasiado. Allí pastaba vacas. En lo que pastaba, como todo chico, me quedaba dormido. Otras veces se me hacía tarde. Por eso me pegaba, me colgaba con soga de un tirante y me daba orín fermentado con hollín. Yo tenía que tomar aquello por miedo a que me azotara en la espalda, hasta sangrar.

Por eso una noche me fui de Sicuani. Quería ir a otro pueblo, pero no tomé el camino porque tenía miedo de encontrarme al diablo. Estaba muy temeroso. Pero me encontré a un hombre y una mujer que pescaban en la noche.

–¿Eres de esta vida o de la otra vida? –me dijo el hombre.

–Soy de esta vida –contesté.

–¿Entonces, quién eres y a dónde vas?

–Así estoy caminando, nada más. No tengo padre.

Ellos eran runas nomás, como yo, y tenían buen corazón, porque me dijeron:

–¿Quisieras irte con nosotros?

Me dieron su fiambre, sacado de su atadito. Sólo eso comí. Nos fuimos a la tierra de la mujer, al *ayllu* de Ariza. En ese pueblo todos eran buenos y de alma limpia.

Este hombre, Gumercindo, me tenía muy estimado porque lo ayudaba a cultivar. Desde chiquito sabía arar con la yunta. Iba al *aporque* cargadito del yugo de la yunta y por eso me querían más. Cuando ayudaba a los demás de

Ayllu: *comunidad*

Aporque: *cobijar con tierra el pie de una planta*

chacra en chacra, los del ayllu no me daban *chicha* ni trago, porque todavía no sabía tomarla, pero comida me daban en abundancia. Por eso mi estómago andaba bien, pero mi ropa estaba toda haraposa, porque no me vestían.

Estuve en la casa de don Gumercindo más de un año. Pero cierto día me pasó mala suerte. Yo creo que la mala suerte está en mí, pegada como lunar negro. Esa vez vinimos a Sicuani con dos asnos cargados de harina de trigo para vender. Mientras trataba de montar un asno, el otro volteó una esquina, y cuando fui tras él, había desaparecido.

Lo busqué y lo busqué hasta que se hizo de noche y un *misti* me dijo que seguramente lo habían robado.

Por esa razón decidí no volver más con Gumercindo y me fui con otro misti. Después estuve con una señora. Iba de casa en casa sin poder quedarme en ninguna, porque siempre perdía los animales que cuidaba y siempre me corrían.

Cuando iba a los cerros, tras las ovejas, armaba amistad con otros chicos ovejeros y jugaba con ellos mientras las ovejas comían. Hacíamos bolas de trapo para patear, trompos de unos troncos de chachacomo. Si estaba solo me quedaba dormido. Hasta ahora no he perdido esta costumbre de dormir al instante, donde me siente. Bueno, en lo que pastaba a las ovejitas en los cerros, mientras jugaba o mientras dormía, éstas se dañaban porque comían papas o pasto verde, o el zorro se las comía.

Chacra: *campo de cultivo*

Chicha: *bebida hecha de maíz*

Misti: *mestizo que habla español*

No sé por qué, pero así será mi suerte: he andado de casa en casa desde la vez que vi la luz del día, haciendo renegar a nuestro Dios. Ésa es la suerte de los que hemos sido arrojados a este mundo para sufrir. De esa manera los pobres curamos las heridas de Dios, que está lleno de llagas. Cuando sus heridas estén totalmente curadas, el sufrimiento desaparecerá de este mundo. Esto nos dijo una vez en el cuartel un cabo, y nosotros le dijimos:

–¿Cómo?, ¡cuán grandes son esas heridas que no desaparecen con tanto sufrimiento! Ni que fuera *mata caballo.*

Ahora, cuando hago memoria, digo que hay más sufrimiento que antes. Esta vida ya no es para aguantar. En mi ignorancia digo, si las llagas de este Dios son causa para tanto sufrimiento, ¿por qué no se le busca y se le cura? Así le dije un día a mi mujer, y ella me respondió:

–Dicen que para eso, para curar a Dios, los extranjeros han ido en avión al monte de la Mama Killa.

Y esos días todos en las calles hablaban de que los gringos habían llegado a la Mama Killa después de viajar una semana en avión. Pero yo creo que eso sólo es habladuría.

Las casas toltecas

Hace mil años, Tula, en el centro de México, llegó a ser una gran ciudad en donde vivían muchos miles de personas. Las casas de sus habitantes estaban construidas una al lado de la otra como en nuestras ciudades modernas. Como a los habitantes de cualquier ciudad, a los toltecas les preocupaba defender su privacía, y por eso elevaban altas bardas de piedra y adobe para separar sus casas de la calle. Las puertas tenían forma de "ele" y para entrar a la casa era preciso dar dos vueltas, de modo que ningún curioso podía asomarse al patio interior sin ser descubierto.

El patio era el centro de la casa. En él había un altar para el dios que protegía a los habitantes. Alrededor del patio estaban los cuartos en que vivía cada familia. Las familias que compartían una casa eran de parientes, quizá hermanos o primos.

Los cuartos estaban elevados sobre el nivel del patio y tenían pisos encalados de cal y arena. Para llegar al cuarto había que subir una escalera de dos o tres escalones y apartar la cortina de tela que tapaba la puerta. Los muros eran de adobe y también estaban encalados. Las familias más pobres, sin embargo, tenían que conformarse con un piso de tierra y con muros sin cal. Los techos eran planos, hechos de madera y cemento. Tenían canales especiales para desaguar el agua de las lluvias. Las casas eran frescas en el tiempo de calor y calientes en el invierno.

En su cuarto cada familia realizaba todas sus actividades. En un extremo de la habitación estaba el fogón donde las mujeres preparaban las *tortillas* de maíz y los otros alimentos. Con el tiempo, las

Tortilla: *pan de maíz redondo y muy delgado*

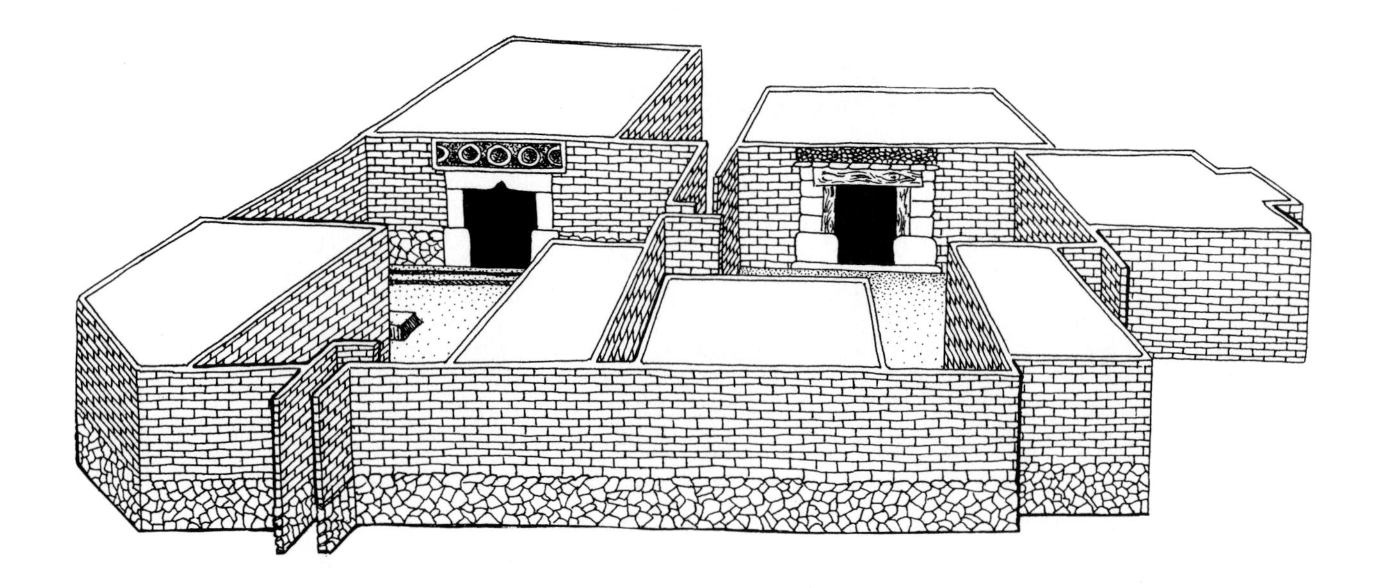

paredes de ese rincón se ennegrecían por el humo. En ese mismo lugar las mujeres tenían sus utensilios para hilar y coser. Los hombres solían sentarse en el otro extremo de la habitación para realizar sus labores. Algunas casas, por ejemplo, tenían hornos de cerámica, otras, talleres para hacer cuchillos de obsidiana. Cuando llegaba la noche, todos los miembros de la familia dormían en el piso, sobre petates de mimbre, muy cerca unos de otros para protegerse del frío.

Como en todas las ciudades hay ladrones, los toltecas tenían que proteger sus bienes más valiosos, como las hermosas vasijas traídas de tierras lejanas. Para ello tenían sótanos, a los que se llegaba por una puerta de madera que se escondía bajo un petate.

Las casas de Tula no dejaban de cambiar. Si un hijo se casaba, había que construirle un nuevo cuarto, para que viviera en él con su mujer y sus hijos. También se podía aprovechar el espacio libre en una habitación para construir una bodega en la que se guardaba maíz. Si la familia era próspera, podía decorar las paredes con piedras talladas o pintarlas de colores. Las obras eran realizadas por albañiles profesionales que se encargaban de ir a las canteras por la piedra y el barro y de elevar los muros y los techos.

El puercoespín y el invierno

El mundo estaba recién creado. El cielo y las estrellas, la tierra y los mares ocupaban ya su lugar. Los espíritus lo habían creado todo; sólo faltaba definir las estaciones del año.

Tres animales estaban reunidos para tomar esa decisión: el castor, el puercoespín y el cuervo. Empezaron a discutir sobre las estaciones. Al castor le gustaba mucho el frío.

–El invierno es la estación más hermosa –dijo–, por eso durará tantos meses como rayas tiene mi cola.

Las rayas de su cola eran ocho. La idea de un invierno tan largo hizo temblar a los otros dos, que odiaban el frío. Por eso no iban a dejar que el dientón se saliera con la suya. El puercoespín levantó su mano derecha y gritó:

–¡El invierno no puede ser tan largo! ¿Quieres que todo el mundo muera de frío y hambre? ¿Quién podrá resistir tanto tiempo? ¡Nadie! Será de cinco meses porque cinco son los dedos de mi mano.

El castor se enfureció al oír al puercoespín; con voz tremenda contestó:

–Si eso quieren, ¡acepto el reto! El más valiente decidirá la duración del invierno. ¿Cómo van a demostrarme que ustedes son más valientes que yo?

El cuervo se espantó con los gritos del castor, se hizo el disimulado y volteó hacia el puercoespín, a ver si contestaba. El puercoespín no contestó, se erizó todo, se puso las manos en la boca y con los dientes se arrancó un dedo de cada una sin demostrar dolor ni debilidad. Levantó otra vez su mano derecha diciendo:

–No durará cinco meses, durará cuatro porque ahora son cuatro los dedos de mi mano.

El castor aceptó su derrota: el puercoespín había demostrado su valentía y había ganado el derecho a decidir. Por eso el invierno dura tantos meses como dedos tiene el puercoespín en cada mano.

Pero ahí no termina esta historia. El puercoespín mandó al cuervo con los hombres para decirles que al llegar el mes llamado *gaxewisa,* al final de cada invierno, debían reunirse a contarse adivinanzas, y que si las resolvían correctamente, ese invierno sería más corto.

Por eso los tahltan no dejan de reunirse cuando llega la fecha y en medio de sus inmensos bosques nevados se sientan a resolver adivinanzas. Y si tienen suerte y conocen las respuestas, a veces la primavera llega antes de tiempo, para mayor derrota del castor.

TAHLTAN

Ruego a Viracocha

Viracocha era el dios más importante de los antiguos incas. Él creó el mundo y los hombres. Por eso, cuando nacía un niño sus padres se dirigían a él para rogarle que lo protegiera y le diera larga vida.

Hacedor del mundo,
Luminoso Señor,
Raíz de la vida, Viracocha,
Dios siempre cercano,
Dios de la existencia
Y de la muerte.
Señor de la vestidura
Deslumbradora.
Dios que gobierna y preserva,
Que crea con sólo decir:
"Sea hombre,
Sea mujer".
Este niño,
El ser que pusiste
Y criaste,
Que viva libre
Y sin peligro.

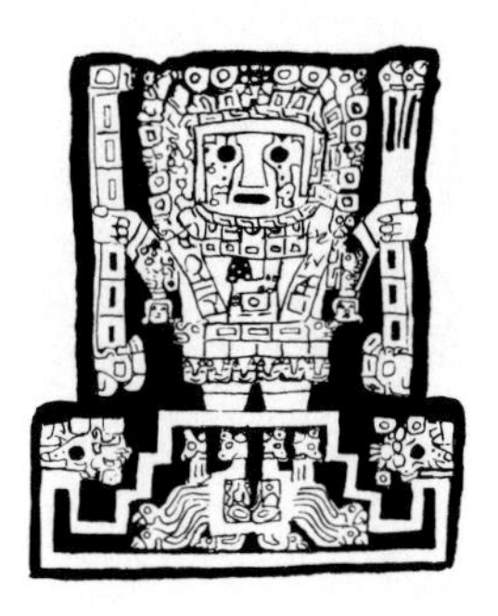

¿Dónde te encuentras?
¿Fuera del mundo,
Dentro del mundo,
En medio de las nubes
O en medio de las sombras?
Escúchame,
Respóndeme.
Haz que este niño
Viva por muchos días,
Hasta la edad en que deba
Encanecer.
Levántame,
Tómame en tus brazos
Y en mi cansancio auxíliame,
Doquiera estés,
Padre Viracocha.

Tengan conocimiento
El viejo y el joven,
Y se multipliquen.
Que vivan libres y en paz
La ciudad y el mundo.
Preserva a este niño,
A tu criatura,
Durante muchos días,
Hasta que pueda perfeccionarse.

A un niño ofrendador de flores

Los nahuas que viven cerca de la costa del Golfo de México enseñan a sus hijos a recoger flores y regalarlas a los dioses. Con estas palabras les explican su deber:

Que quien todo creó te conceda fortaleza, permanencia y vida, que nada te entristezca. Crece, date a querer, el Creador no te envió a la tierra únicamente a caminar, no solamente a pasear. A quien creó todas las cosas has de ofrendar flores. Mañana y pasado mañana, conforme crezcas, le darás una florecita. A crecer te han enviado a la tierra. Viniste a ofrendar flores aquí en la tierra, a los pequeños pies del Creador. Crece y date a querer, que nada te entristezca, que nada te aflija, eres un ofrendador de flores.

El Señor Santiago y los dos traviesos

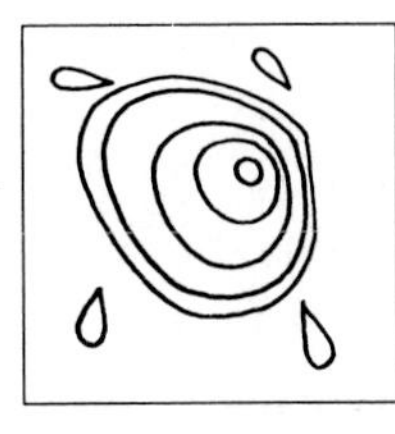

Una vieja tenía dos nietos, vivían con la abuela porque desde muy chicos quedaron huérfanos.

Un día, salió la viejita al mercado a hacer su compra. Los niños se quedaron en la casa, con el encargo de traer agua y leña. Cuando regresaron a la casa con la leña y el agua tenían mucha sed. Se les antojó el *pulque* que hacía la abuela, pero el cuarto donde guardaba el barril estaba cerrado. Por suerte, en el techo de la casa había un hueco, para que se oreara el pulque. Los niños acercaron una escalera y treparon. Uno de ellos se descolgó amarrado de un mecate y entró al cuarto. Con un jarro chico le iba pasando el pulque a su hermano. Cuando llenaron una jarra grande

Pulque: *bebida fermentada extraída del maguey*

quitaron la escalera y se fueron detrás de la nopalera a tomárselo. Estaba muy rico y muy fresco.

En el cuarto del pulque había una figura del Señor Santiago montado en su caballo, con su espada. Su pelo y sus barbas eran rubias y largas. Antes de salir, al niño se le ocurrió untarle las barbas de pulque, para echarle la culpa al santo si la abuela los descubría.

Cuzco: *tramposo, mal portado*

Muy contentos estaban ya cuando llegó la abuela.

–Niños, ¿dónde están?

–Aquí nomás, abuelita.

–¿Ya trajeron la leña y el agua?

–Ya, apenas venimos llegando.

La abuela entró a guardar sus cosas al cuarto donde tenía a su santo. Se acercó a su barril de pulque y vio que le faltaba mucho.

"¿Qué se haría el pulque que falta? La puerta estaba cerrada...", se preguntó.

En eso levantó la vista y vio que el Señor Santiago tenía las barbas untadas de espuma. Se enojó muchísimo y le echó la culpa al patrón.

–¡Ay, Diosito Diego! ¡Qué *cuzco* eres! Yo con ese pulque compro tus flores, tu incienso y tus velas y, mira tú, ahora, ya que te tomas mi pulque, ¡anda y cómete el estiércol de tu caballo!

La vieja diabla

Ocurrió que dos pequeños hermanos, una niña y un varón, fueron enviados por sus padres a buscar leña. Por allí iban los pequeños buscando troncos y ramas para el hogar, contentos iban los pequeños. De pronto distinguieron a lo lejos algo blanco y dijeron:

–Allá debe haber harta leña para llevar.

Hasta la loma llegaron, pero no era leña, sólo huesos de caballo que parecían leña. Los pequeños hermanitos, muy juntitos, siguieron el camino buscando leña. De nuevo algo blanco distinguieron pero sólo eran cañas de bambú. Seguían buscando cuando la noche cayó y sintieron frío y mucho miedo.

–¿Sabremos volver? –preguntó el hermanito–. ¿Cómo llegaremos? ¿Sabremos volver?

Estaban perdidos. Caminaron hasta que llegaron a una cueva alumbrada. Una viejita salió de la cueva y los saludó:

–¿Qué quieren, niños? ¿Qué es lo que quieren?

Los hermanitos le contaron que estaban perdidos, que tenían miedo, mucha hambre y frío.

–¡Alójenos, señora, alójenos! –gritaban desesperados.

Eso hizo la viejita y les dio papitas para comer, pero no eran papitas hervidas sino piedras, y les dio carne asada pero era de sapo. Piedras y sapo les dio de comer.

Como estaban muy cansados pidieron a la abuela un sitio para dormir. Entonces ella dispuso que el chico dormiría en un rincón, solito, mientras que la niña, que era sonrosada y rolliza, dormiría con ella. Así lo dispuso.

Al día siguiente el niño no encontró a su hermana por ninguna parte, no estaba en la cueva su hermanita.

–Se ha ido por agua al pozo –le dijo la vieja–. Anda, toma esta calabaza y trae otro poco de agua.

Eso hizo el niño y se fue caminando al pozo. Pero allí no estaba su hermana sólo un sapito que croaba:

–Croac, croac, croac. Eso no es una calabaza, es su cabeza. Es la calavera de tu hermana donde llevas el agua.

A lo lejos se acercaba la muy bruja. El niño era flaquito, no era sonrosado y rollizo, pero ella tenía más hambre de niño y quería alcanzarlo.

–Oye, chiquito. Espera, chiquito –le gritaba mientras él huía asustado.

"No era calabaza, era mi hermana, la cabecita de mi hermana", pensaba muy triste el niño.

Como su hermanita era sonrosada y rolliza, la vieja se la había comido mientras dormía.

–Croac, croac, croac —continuó el sapito–. La vieja es bruja, diablo, duende, se ha comido todita a tu hermana. No vuelvas.

Cuando llegó a su casa le contó todo a sus padres.

–Vamos por tu hermana –dijeron los padres. Pero allá no había nada, ni vieja, ni cueva, ni hermanita, ni nada.

Y así termina.

Juego de Pedro Iguana

Éste es un juego para niñas y niños.

El escenario es un bosque y se trata de buscar a Pedro Iguana. El muchacho que lo representa se oculta entre los árboles, mientras los otros se quedan en su lugar con los ojos tapados. Una vez que se ha escondido, Pedro Iguana grita: "¡Vengan!" y los demás salen a buscarlo al tiempo que corean un verso:

"¿Dónde estás? ¿Dónde estás? ¿Dónde estás, Pedro Iguana?"

Pedro tiene que responder con un silbido si los jugadores van lejos de su rastro; pero si están cerca, se mantiene en silencio para no delatarse. Cuando al fin lo encuentran, debe tratar de huir. Los cazadores se le echan encima para atraparlo y Pedro Iguana rara vez consigue escapar. El juego continúa y el muchacho que lo encontró primero se convierte en el nuevo Pedro Iguana.

El juego del peukutún

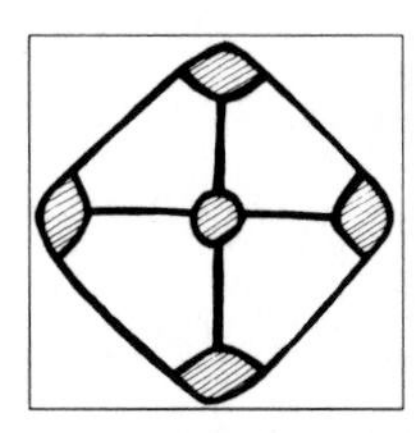

Los niños mapuches juegan el juego del peukutún, en honor del milano, un ave cazadora que gusta comerse a los pollos. Hay dos maneras de jugarlo.

En una, los niños forman una ronda tomados de las manos. La ronda protege a un jugador, el niño más pequeño, que está en el centro y que es el pollo. Desde afuera, el jugador que hace de milano intenta robárselo. Los de la ronda tienen que impedir que pase o que lo jale desde fuera.

La otra forma de jugarlo es hacer una fila de niños tomados de los hombros, uno detrás de otro. Esos niños son los pollos. Adelante va el mayor, la gallina. La gallina protege a sus pollitos del ataque del milano. El milano sólo puede atrapar al último pollo de la fila.

En algunos lugares también los adultos juegan al peukutún y apuestan. Si el que hace de milano puede atrapar a los pollos, gana mucho dinero y regalos.

El conejo tramposo

Andaba una vez el conejito paseando cerca de su rancho, en la loma, cuando vio venir a la cucaracha.

–Oye vieja, ¿por aquí andas?

–Ei, conejo.

–Cucarachita, te vendo un maíz que acabo de levantar.

–Cómo no, ¿cuánto es?

–Una *troje*.

–¿Y a cómo lo das?

–A veinticinco pesos.

–Está bien, me conviene, eso ando buscando, por eso vine hasta acá.

–Bueno, pasa por él mañana bien temprano, antes de que el sol se levante y queme.

–Bueno.

La cucarachita le pagó el maíz al conejo. Con los veinticinco pesos, el conejo se fue a tomar al pueblo. Al rato se encontró con el gallo.

–¡Quihúbole gallito!

–¡Quihúbole conejito! ¿Qué haciendo?

–Aquí, vendiendo mi maíz. ¿No quieres?

También al gallo le vendió su maíz. Le dijo que pasara a recogerlo cuando ya el sol estuviera un poquito arriba. Con el dinero del gallo siguió tomando. Estaba tan contento que hasta contrató unos músicos. Más tarde se encontró a la zorra.

***Troje:** granero*

–Zorrita, préstame dinero que ya no traigo. Si quieres, mañana te lo pago con un maíz que tengo en la casa, llégate a media mañana y te lo traes.

–Bueno.

Así siguió bebiendo. También le vendió el maíz al coyote y al león. Quedaron que pasarían a recogerlo a mediodía y en la tardecita. Ya estaba bien borracho cuando se encontró al cazador.

–A ti mero te andaba buscando. Fíjate que por mi casa anda en las tardes un león haciendo destrozos. ¿Por qué no vienes a tirarle con tu rifle?

–Bueno.

Al día siguiente muy tempranito se presentó la cucaracha a recoger su carga de maíz.

–Pásate, pásate, siéntate mientras preparo el maíz –le dijo el conejo. Y estuvo con ella plática y plática para hacer tiempo, entreteniéndola hasta que llegara el gallo.

Desde arriba del cerrito lo vieron venir.

–Cucarachita, ahí viene el gallo, no vaya a comerte. Métete en ese rincón y escóndete, rápido.

La cucaracha se fue a esconder y entró el gallo.

–Buenos días, pásale, descansa. Voy a traerte tu maíz.

Pero no fue, se quedó platicando y luego le preguntó.

–Oye, gallo, ¿ya desayunaste?

–Todavía no.

–Si te apetece una cucaracha, en el rincón hay una.

El gallo se la comió de un mordisco. Todavía la estaba saboreando cuando vieron venir a la zorra.

–Gallito, gallito, ahí viene la zorra. Si te ve, te va a querer comer. Métete debajo de ese canasto mientras se va.

El gallito se quedó quieto debajo del canasto, sin hacer ruido. Llegó la zorra.

–Buenos días, descansa –la saludó el conejo y le acercó una silla. Platicó con ella un rato, hasta que agarró su costal y dizque fue por el maíz.

–Mientras regreso, si te quieres almorzar un gallo, debajo del canasto hay uno.

–¡Cómo no!

Ni pudo aletear el pobre gallo, se lo comió de un bocado la zorra.

–¿Está sabroso?

–Bien sabroso.

–¡Cómo no, si apenas había desayunado cucaracha! –dijo el conejo–. ¡Qué bueno que te lo comiste! Ya me tenía fastidiado con sus gritos, todos los días me despertaba, todos los días.

Así siguió, mientras hacía tiempo para que llegara el coyote. Cuando lo vio le dijo a la zorra:

–Oye, zorrita, se me hace que te andan buscando.

–¿A mí?

–Sí, ahí viene el coyote.

–De veras, ¿dónde me puedo esconder?

–Súbete al tapanco y allí quédate. Cuando se vaya yo te aviso y te doy tu maíz.

–Gracias.

Llegó hasta el rancho el coyote. Tenía calor. Se sentó a descansar en la sombra. Al rato le dijo el conejo:

–Coyote, ¿quieres comerte una zorra? A mí me perjudica bastante las gallinas. Si la quieres, cómetela.

–Luego luego...

–Pues está allá arriba en el tapanco.

El coyote se comió a la zorra.

Chalate: *caballo*

Después él y el conejo se pusieron a contar historias hasta que vieron venir al león.

–¡Ay carambas, ése no trae buena cara! –dijo el conejo.

–No, qué va. Escóndeme conejito, si me encuentra seguro me come.

–Métete a la casa y yo lo atajo aquí afuera. Cuando se vaya, sales.

–Está bueno.

Muy amable, el conejo recibió al león.

–Vengo a lo del maíz que te pagué ayer.

–Sí, cómo no, siéntate.

Se pusieron a comentar la borrachera del día anterior.

–Oye, ¿y a ti no te da hambre cuando tomas? –preguntó el conejo.

–Como no, bastante.

–¿Se te antoja un coyote? Pasa dentro de la casa.

El león entró y de un solo brinco lo pepenó.

–Ahora descansa, león. Más al rato vemos lo del maíz. Allí tengo mi costalito y mi morral para ir a traerlos.

En ésas estaba dormitando el león cuando se presentó el cazador.

–¿Que a ti te anda siguiendo el cazador? –le preguntó el conejo.

–¡Híjoles!

–Súbete a esa horqueta que está en el patio, sobre el *chalate*.

El hombre llegó hasta donde estaba el conejo.

–Vengo por el león, ¿ya llegó?

–Sí, ahí anda hace rato. Se subió arriba del *chalate*. Sal como si no supieras nada y allí le tiras.

El cazador salió. ¡Pum! Hasta allí llegó el león.

–Gracias, ya me estaba haciendo mucho perjuicio.

Pero los demás animales se dieron cuenta del engaño del conejo. Fueron a acusarlo con el gobernador. Lo querían agarrar, pero el conejo se escapó, se fue para otra tierra. Bien sabía que tenía delito, había echado puras mentiras. Entre todos se pusieron de acuerdo para castigarlo. Mandaron al venado para que lo alcanzara y no pudo, el conejo ya le llevaba mucha ventaja. Tampoco la víbora pudo dar con él. Por fin, le encargaron al lagarto que lo trajera.

Un día, estaba el conejo sentado muy cerca de la orilla de un río, muy pensativo. El lagarto lo vio y le dijo.

–¿Qué te pasa?

–Busco un barquero que me atraviese para la otra orilla.

–Pues yo soy el barquero.

–Llévame del otro lado, que hay bastante pastura. Tengo hambre, no como, ya estoy bien flaco. No tengo con qué pagarte ahorita, pero dentro de cinco días vuelvo. Cuando regrese, ya voy a estar más gordo. Si quieres, me comes. Ahorita no vale la pena.

El caimán aceptó el trato y se quedó esperando. Pero los cinco días se hicieron cinco años. Al final el conejo llegó.

–Ya volví, mira nada más cómo estoy de gordo.

–¿No que te ibas a tardar cinco días?

–¡No, qué va! Yo dije cinco años.

–Bueno, pero ahora te voy a comer.

–Ya ni modo, si vas a comerme, ya qué. Pero quiero que me acerques a la otra orilla, para que vea mi tierra por última vez. Paséame un poco en el agua, para que alcance a ver por última vez mi tierra.

–Bueno, súbete.

Al llegar a medio río, el lagarto preguntó:

–¿Ya la viste?

–No alcanzo a verla.

Se acercó más.

–¿Ya?

–No, falta tantito, acércate más.

–¿Ya?

–Parece que sí, voy a darme vuelta para ver mi tierra.

–Apúrate, ¡ya me anda de hambre!

–Adios mi pueblito. Adiós –y el conejo le hacía señas, desde el lomo del caimán.

–Acércate más, quiero ver mi casa... Adiós mi casita.

¡Y que salta! Enterró al caimán en el lodo con la fuerza del brinco, alcanzó la orilla y se echó a correr. Mientras el otro lograba salir del lodo donde lo había zambutido, el conejo ya había llegado lejísimos.

Y ya nadie lo pudo agarrar. Así se burló de todos.

Adivinanzas mexicas

¿Qué cosa es una jicarilla azul cubierta de palomitas de maíz?

Alguno podrá ver nuestra adivinancita, que quiere decir el cielo de noche.

¿Qué cosa es un cerro que mana agua por dentro?

Alguno podrá ver nuestra adivinancita, que quiere decir la nariz.

¿Qué cosa son diez losas que alguien lleva cargando sobre la espalda?

Alguno podrá ver nuestra adivinancita, que quiere decir nuestras uñas.

¿A qué cosa entramos por tres partes y salimos por una?

Alguno podrá ver nuestra adivinancita, que quiere decir la camisa.

¿Qué cosa se atrapa en un bosque negro y viene a morir sobre una losa blanca?

Alguno podrá ver nuestra adivinancita, que quiere decir el piojo: lo tomamos de nuestra cabeza, entre nuestros cabellos, y lo venimos a poner sobre nuestra uña para matarlo.

¿Qué es lo que tomas rápidamente de un agujero y lo arrojas al piso?

Alguno podrá ver nuestra adivinancita, que quiere decir los mocos, que se toman de la nariz y se arrojan en el suelo.

Cantos por el nacimiento de una niña

Cuando los esquimales tienen una hija es un motivo de gran felicidad. Por eso, en cuanto la niña ha nacido, cantan esta canción de agradecimiento:

Porque sacaron a la niña
De su madre
Damos las gracias
Porque sacaron
A la pequeña
Damos las gracias.

Si la niña se enferma, los padres dicen esta plegaria:

Pequeña, los pechos de tu madre
Están llenos de leche.
Ve y mama,
Anda y bebe,
Sube a las montañas.
En las cumbres de las montañas
Encontrarás salud
Y tendrás vida.
Ve y mama,
Anda y bebe.

El nacimiento del Sol y la Luna

Los antiguos mexicas creían que alguna vez la Luna había brillado tanto como el Sol, pero que luego fue castigada. Ésta es la historia que contaban los viejos sobre el nacimiento del Sol y la Luna.

Antes de que hubiese día en el mundo, cuando aún era de noche, se juntaron todos los dioses en Teotihuacan, su ciudad, y se sentaron formando un círculo.

–¿Quién se encargará de alumbrar el mundo? –preguntaron.

Entonces Tecuciztécatl, que era muy rico y muy bien vestido, se puso de pie.

–Yo tomo el cargo de alumbrar el mundo –dijo.

–¿Quién será el otro? –preguntaron los dioses.

Pero nadie respondió, nadie quería tomar la carga. Uno a uno fueron bajando la cabeza hasta que sólo quedó el último, un dios pobre y feo, lleno de bubas y llagas, que se llamaba Nanahuatzin.

–Alumbra tú, bubosito –le dijeron.

–Así será –respondió Nanahuatzin mientras bajaba la cabeza–. Acepto sus órdenes como un gran honor.

Antes de poder convertirse en soles para alumbrar el mundo, los dos dioses tenían que hacer regalos y ofrendas. Para ello les construyeron dos gigantescos templos en forma de pirámide que aún ahora se pueden ver en Teotihuacan. Cada uno se sentó arriba de su pirámide y estuvo ahí cuatro días, sin comer ni dormir. Tecuciztécatl ofrendó plumas hermosas de color azul y rojo, pelotas de oro y espinas rojas de coral de mar. Nanahuatzin no pudo regalar nada tan hermoso: en vez de plumas ofreció yerbas atadas entre sí, ofrendó pelotas de heno en lugar de pelotas de oro y regaló espinas de maguey pintadas de rojo con su propia sangre. Mientras los dos dioses hacían penitencia, los otros prendieron una inmensa fogata en la cumbre de otro templo.

Cuando terminó su penitencia, Nanahuatzin y Tecuciztécatl arrojaron al aire las cosas que habían ofrendado y bajaron de sus templos. Poco antes de la medianoche los otros dioses los vistieron para que se arrojaran al fuego. Tecuciztécatl se puso prendas de fina tela y un tocado de plumas; Nanahuatzin iba vestido con un *maxtlatl* y un tocado de papel.

Era el momento esperado. Todos los dioses se sentaron alrededor de la inmensa fogata y Nanahuatzin y Tecuciztécatl se acercaron cada uno por su lado.

–Tecuciztécatl, brinca tú primero –ordenaron los dioses.

Tecuciztécatl se aproximó al fuego con paso firme, pero se detuvo cuando vio las inmensas llamas y sintió el calor abrasador. Otra vez volvió a intentarlo, pero tampoco pudo arrojarse a la fogata. Los dioses lo contemplaron en silencio hasta que hizo su cuarto intento. Entonces lo detuvieron.

–Ningún dios puede hacer más de cuatro intentos. Has perdido.¡Qué venga Nanahuatzin!

El buboso caminó rápidamente y se arrojó al fuego sin detenerse un instante. Entonces el fuego comenzó a sonar y rechinar. En cuanto lo vio entrar a las llamas, Tecuciztécatl sintió tanta envidia que corrió tras él y se arrojó a su lado. Detrás de ellos entraron un águila y un tigre. Desde entonces esos animales tienen manchas negras en las plumas y en la piel.

Después de que Nanahuatzin y Tecuciztécatl se quemaron en el fuego, los dioses se sentaron a esperar que saliera el Sol. Cuando el cielo se iluminó de color rojo, como se ilumina al alba, los dioses se pusieron de rodillas para saludar al nuevo astro. No sabían bien por cuál rumbo había de aparecer. Unos decían que por el Norte, otros por el Sur. Sólo el dios Ehécatl, el Señor del Viento, supo que el Sol debía aparecer por el Este y se arrodilló en esa dirección.

Cuando salió el Sol, que era Nanahuatzin, se veía muy colorado, parecía que se contoneaba de una parte a la otra. Brillaba tanto que nadie lo podía mirar directamente. Pero poco después apareció la Luna, que era Tecuciztécatl, que brillaba tanto como él y tenía el mismo resplandor rojo.

Maxtlatl: *taparrabos*

Cuando los dioses vieron a los dos astros juntos dijeron:

–¡Oh, dioses! ¿Cómo es esto? ¿Será bien que vayan ambos a la par? ¿Será bien que igualmente alumbren?

Entonces uno de ellos corrió hacia la Luna y le arrojó un conejo. El conejo cayó en la cara de la Luna y apagó su brillo. Por eso la Luna ahora es menos brillante que el Sol y tiene un conejo marcado con todo y sus orejas en el centro de su rostro.

Los dioses quedaron tranquilos, pues el único Sol debía ser Nanahuatzin, que se había arrojado primero al fuego. Pero ni el Sol ni la Luna se movían, los dos se habían quedado quietos en el Oriente, arriba del horizonte.

–¿Cómo podemos vivir? –se preguntaron los dioses–. El Sol no se mueve y la Luna tampoco.

Entonces habló uno de ellos:

–Debemos morir todos, para hacer que el Sol pueda renacer.

En ese momento se levantó un viento terrible que mató a todos los dioses. Sólo el dios Xólotl se negó a morir y para escapar al viento se convirtió en mata de maíz pequeña y después en un maguey pequeño y en un pez que tiene pies y que vive en las lagunas, llamado ajolote.

Dicen los antiguos que ni siquiera con la muerte de los dioses se movió el Sol. Fue Ehécatl, el viento, quien lo hizo moverse, pues fue hasta donde estaba y lo empujó para que anduviese su camino.

Detrás del Sol comenzó a andar la Luna. Por eso no se mueven juntos, sino que salen y se meten en diferentes momentos.

La familia de Aua y Orulo

Esta es la historia de Aua y Orulo, dos esposos esquimales, y de su familia. La cuenta Rasmussen, un explorador europeo que los conoció muy bien. Primero nos relata cómo conoció a sus amigos y luego nos dice lo que ellos le contaron de su infancia.

Eran los últimos días de febrero de 1922. Estábamos cerca de Cabo Elisabeth; nos habían informado que había morsas en el hielo nuevo. Todo el día viajamos. Se había hecho tarde y nos disponíamos a hacer una casa de nieve, cuando, de pronto, ante nosotros en la noche estrellada apareció un trineo de más de siete metros tirado por una cuadrilla de quince perros.

Los pasajeros nos vieron y se acercaron. Un viejo de gran barba cubierta de hielo corrió hacia mí y estrechó mi mano, al estilo de los hombres blancos. Me dijo:

–Gracias. Gracias a los huéspedes por haber llegado –y señalaba en dirección a su casa. Era Aua, el chamán. Nos invitaba a dormir con él porque todos los esquimales acogen a los forasteros en sus casas.

Al llegar a su casa, me recibió Orulo, su mujer, y me la enseñó toda. Era la primera vez que veía un conjunto de viviendas tan grande, construidas una junto a otra y comunicadas entre sí. Numerosas despensas y cuartos se alineaban uno junto a otro, unidos por túneles que permitían circular sin salir al frío. Vivían allí 16 personas. Orulo me llevó de un cuarto a otro, diciéndome quiénes eran sus ocupantes. Llevaban tiempo viviendo ahí y el calor de las lámparas de cebo había derretido y endurecido el hielo. Del techo colgaban estalactitas que brillaban a la luz de las lámparas. Todas las casas eran cómodas y acogedoras, bien cubiertas de pieles de caribú cazados durante el otoño anterior. Recorrí los laberintos saludando a la familia: al fondo vivían el hijo mayor, Nataq, con su esposa, "La de dientes pequeños". Saludé al hijo menor, Ajarak que quiere decir "Piedra" y a su esposa de quince años, "Padre del Salmón"; a "Foca de Fiordo", Natsek, hermana de Aua, con su hijo, su nuera y sus nietos. Conocí a Kublo, "Pulgar", con su esposa y su hija recién nacida.

Aua era el jefe indiscutible de la familia y todos obedecían sus órdenes, impartidas con el tono cordial y festivo que él y su esposa usaban entre sí.

Después de conversar, decidimos ir juntos a cazar morsas. Había llegado el momento en que toda la familia se mudaría, pues era la temporada de ir a cazar al mar. Cazuelas, trastes y utensilios fueron arrojados a los pasillos, para ser empacados. Las pieles se sacaron a través de huecos cavados en las paredes, ya que no deben atravesar los umbrales. Los hombres prepararon los trineos.

Kublo hizo un agujero en la pared de su casa. A través del hueco salieron su esposa y su hijita. Como era la primera vez que la niña salía al aire libre, la madre se detuvo ante la casa y Aua se acercó. Descubrió la cabeza de la recién nacida y con los labios cerca de su cara murmuró:

Me levanto de mi reposo con movimientos ligeros
como el aletear de las alas de un cuervo.
Me levanto a encontrar el día
Wa wa.
Mi cara se aparta de la oscuridad de la noche
para mirar el alba
que ahora blanquea el cielo.

de nieve, lejos de nuestra casa. No entendía por qué debía estar en otra casa, pero me dijeron que acababa de tener un hijo y estaba 'contaminada'. No debía acercarse a los animales que los hombres cazaban. A mí me permitían visitarla cada vez que quería, pero nunca encontraba la entrada de la casita. Yo era tan pequeña que no podía ver sobre los escalones de nieve de la entrada.

Era su primer viaje y la niña debía ser recibida en la vida.

Hicimos el campamento cerca de donde estaban las morsas. Cuando se hace una casa de nieve se mide un círculo alrededor de uno mismo. Los bloques de hielo deben cortarse de adentro hacia afuera, para no cortar la suerte que debe quedar dentro de la casa.

Un día, que estábamos juntos, mi anfitriona me contó:

"Me llamo Orulo, pero mi verdadero nombre es Aquigiarjuk, 'La pequeña gaviota'. Nací en Baffin, pero mis padres se fueron a Iglulik cuando mi madre aún me cargaba en sus espaldas.

"Lo primero que recuerdo es ver a mi madre sola, en una casita

Gritaba: 'Madre, quiero entrar.' Alguien me levantaba y me ponía del otro lado de la puerta. La plataforma donde mi madre se sentaba era tan alta que tenía que cargarme para que pudiera subir.

"Regalaron un traje hermoso a mi nuevo hermano. A los niños recién nacidos se les hace un traje de piel de cuervo con plumas en la parte exterior; así serán buenos cazadores, pues los cuervos son capaces de encontrar sustento siempre y no emigran durante el invierno como otras aves.

"Cuando una mujer da a luz, debe hincarse. El niño cae directamente sobre la nieve y nadie debe tocar a la mujer. La mujer dice los nombres de todos los muertos hasta que el niño llora y escoge uno. Al recibir ese nombre, reciben también las características del ancestro que se llamó así, y el espíritu de ese antepasado lo acompaña hasta que es hombre.

"También hay que decir palabras mágicas antes de darle de mamar por primera vez. La mujer siempre corta el ombligo con un trozo de pedernal."

Otro día, el propio Aua me contó de su infancia:

"Al llegar la chamana a donde yo había nacido, miró mis ojos saltones y limpió la sangre de mi cuerpo con el plumaje de un cuervo. Luego me envolvió con él. Esas plumas eran mi amuleto. Mi madre las guardó y cuando tuve mi primer *kayak*, las puso en el fondo de la barca, para que el kayak no se volteara y para que navegara sin peligro sobre el mar.

"Para resguardar el alma del recién nacido, los chamanes deben sacarla del cuerpo del niño antes de limpiarlo. La placenta se entierra con cuidado en un lugar oculto, la lleva el padre y tiene buen cuidado de no dejar huellas para que nadie sepa dónde ha quedado.

"Cada hombre tiene un cuerpo, un nombre y un alma. El alma es realmente la que da la vida verdadera, es la que hace de un hombre un hombre, de una foca una foca y de un perro un perro. Es muy semejante al cuerpo. El alma de una foca es como una foca pequeñita; la de un hombre, es una personita.

"–Nació para morir –dijo la chamana Ardjuac cuando me vio– pero vivirá.

"La mujer se quedó con mi madre hasta que reviví.

"Mi madre comía una dieta muy estricta y seguía fielmente las reglas: si comía parte de una morsa, nadie más debía probar la carne de ese animal. Lo mismo con las focas y los caribúes. Sólo bebía agua fría, pues si la tomaba tibia, yo no crecería. Tenía trastes especiales y nadie más debía usarlos.

***Kayak**: canoa esquimal*

***Amuat:** choza donde las mujeres dan a luz*

Nadie podía visitarla. Me hicieron un traje especial: el pelo del vestido no debía apuntar hacia arriba ni hacia abajo, debía sólo dirigirse hacia mi piel. Ningún niño tiene ropa al nacer. No debe coserse ni una prenda antes de saber si vivirá. Todos los niños entran al *amuat* por primera vez desnudos, sólo con zapatitos de piel. Luego se les hace ropa; a partir entonces jamás se le puede volver a colocar desnudo en el amuat.

"Cuando mi madre comía, me ponía sobre su regazo y hacía el gesto de remar un kayak. Esto me haría un buen proveedor de comida para la familia en el futuro. Al salir la Luna, ponía un trozo de nieve en mi boca, ya que la Luna es buen cazador.

"Ya era un niño grande cuando salimos de la choza. Todos se portaban muy amables con mi madre, la invitaban a su casa. Íbamos de visita, pero debíamos regresar pronto, pues a los espíritus no les gusta que los niños se alejen mucho rato de sus casas. Si las madres se entretienen, pierden el pelo de la coronilla. La Luna roba sus hijos a las mujeres. Dicen que se los lleva porque es un gran cazador de focas, que son como niños. Los espíritus atacan a los niños más que a los adultos.

"Yo no sabía entonces nada de esto y, como me gustaban las visitas, golpeaba furioso el cuerpo de mi madre con mis pequeños puños, no quería volver, le orinaba la espalda cuando me cargaba de regreso.

"–Nadie puede ser buen cazador o chamán si va mucho rato a casa de los otros. Las mujeres no deben tener mucho tiempo a los niños en su amuat –me explicaban.

"La primera vez que vi la Luna fue tanto mi gozo que le arrojé el agua de un balde. La Luna da suerte a los cazadores y fertilidad a las mujeres.

"Cuando era pequeño jugaba a hacer figuras de hilo. Además de ser un juego, los hilos forman figuras entre los dedos para recordar las partes de una historia y para decir los lugares por donde se hace un viaje. Hay un espíritu que se llama Toatnaurshuk, que es el espíritu de las figuras de hilo. Se lleva a las mujeres que pierden el tiempo jugando con hilos. Él hace las mejores figuras y las más complicadas, porque usa sus propias tripas para formarlas.

"Nuestra gente cuida mucho a los niños, los protegen contra los males de muchas maneras: cuando un joven o una madre se peinan, todos los niños de la casa deben quitarse las capuchas, si no lo hacen, morirán.

"Un niño que nunca se acuesta entre su padre y su madre puede hacerse invisible cuando caza animales y acercarse fácilmente a ellos.

"Si se ata un trozo pequeño de bazo de zorro en el interior del calcetín de un niño, no romperá el hielo delgado cuando sea mayor y tenga que perseguir a las morsas y las focas.

"Si se desea que una niña sea hábil costurera, cuando tiene edad para aprender a coser su madre cose con mucho cuidado un anillo de costura hecho de hocico de caribú en su chaqueta interior.

"Los niños que sobreviven aprenden pronto la dura vida de los esquimales: un niño de 8 años camina ya más de veinte kilómetros en una sola jornada y puede pasar hasta veinte horas sin dormir. También sabe tirar con gran destreza y aprende a orientarse en la niebla. Hay que poner atención al menor detalle, pues de ello depende su vida.

"Al salir el Sol por primera vez después de la larga noche del invierno, los niños deben apagar las lámparas y volverlas a prender, para recibir al Sol con nueva luz."

Chiminigagua

Contaban los antiguos muiscas que antes de que existiera algo en este mundo, cuando la oscuridad llenaba todo como una eterna noche, sólo existía una gran cosa que no tenía forma ni cara. Pero en su interior poseía la luz. Por eso los antepasados la llamaron *Chiminigagua.*

Dicen también que una vez *Chiminigagua* se hirió el gigantesco vientre y de su herida empezó a asomar un haz luminoso. De esta primera luz surgió la vida.

Después *Chiminigagua* creó grandes aves negras y las echó a volar para que derramaran su aliento sobre las cimas. De sus bocas salían leves soplos de aire luminoso y transparente, que hicieron que la Tierra se viera clara e iluminada, como es ahora

El conejo y el coyote

Cera de Campeche: cera negra de abeja silvestre

Un conejo entraba cada noche a comer frijol del frijolar de un viejito. Hacía mucho destrozo.

–¿Qué animal estará haciendo esto? –se preguntaba el viejo. Un día se decidió a poner un espantapájaros. Primero puso uno de piedra, luego otro de trapo. ¡Nada! Por fin hizo un mono de *cera de Campeche.*

–Con ése sí lo voy a atrapar.

Allí estaba el mono cuando en la noche llegó el conejo a cenar.

–Hágase a un lado, hágase a un lado que vengo a comer –le dijo el conejo molesto. Pero al empujarlo para pasar, se le quedó pegada una mano en la cera.

–Suélteme la mano, que traigo prisa. ¿Por qué me molesta si todos los días vengo aquí?

El mono no contestaba. El conejo le dio una bofetada con la otra mano y también se le quedó pegada.

–Suélteme si no quiere que lo agarre a patadas, para eso tengo patas.

Lo pateó y se le quedó pegada la pata. Le dio otra patada y también la otra pata se le pegó.

Allí estaba, hecho bolita y todavía gritando:

–Suélteme o le voy a dar con la cola.

Nada le contestó el mono. Le dio un coletazo y la cola se le pegó a la cera.

–¿Por qué me agarra? Todos los días ceno aquí, ni quien se metiera conmigo.

¡Y que lo muerde! También se le quedó pegado el hocico.

Le dio con las orejas y hasta las orejas se le pegaron.

Todo pegosteado y engarruñado estaba al día siguiente, cuando lo halló el viejito.

–¡Ah, conque eras tú! Ahora verás.

Se llevó el conejo para su casa y allí le dijo a su mujer que lo cocinara. La mujer puso a calentar agua. Mientras hervía, el viejo lo amarró en el patio de atrás de la casa.

El conejo vio cómo se acercaba un coyote despacito, despacito. Lo llamó:

–Hermano, hermano, ven. Mira qué desgracia la mía, quieren que me case con la hija de esta gente, pero yo no quiero. Mira, yo soy muy *chaparro*, estoy chico. No me voy a ver bien caminando junto a ella. En cambio tú estás alto y grande. A ti sí te queda. ¿No me cambias de lugar?

–Pero no me van a querer a mí -dijo el coyote.

–¡Cómo que no! Tú sí eres de su tamaño, le vas a gustar más.

–¿Tú crees?

–Claro. Desátame y yo te amarro a ti.

Cuando los de la casa salieron por el conejo y vieron al coyote amarrado quedaron muy sorprendidos.

–Yo soy el que se va a casar con su hija,

–¡Que hija ni que nada! –y le dieron de palos.

Cuando logró desatarse, el coyote todo lastimado salió a buscar al conejo. Lo encontró cerca de unos zopilotes.

–¡Ajá!, me engañaste. Por tu culpa me pegaron!

–No, yo no. Ha de haber sido uno de mis hermanos, somos muchos de familia. No te enojes.

***Chaparro:** de baja estatura*

–Te voy a comer, conejo, por haberme engañado. No te me escapas.

–No, espérate, ando cuidando estos guajolotes, me los encargaron. Velos un ratito, ahorita vengo. Si te da hambre te comes uno, yo no tardo.

Guajolote: *pavo*

Pero no eran guajolotes, eran zopilotes.

Zopilote: *gallinazo*

–Está bien. Pero no me vayas a engañar.

El coyote les daba vuelta a sus guajolotes que eran zopilotes. Trató de comerse uno y nada: se fue de hocico contra el suelo, pues los zopilotes volaron.

Salió detrás del conejo. Cuando lo encontró le dijo:

–Ahora sí, te voy a comer.

–Ya ni modo, pero no me comas aquí, llévame a esa loma para que veas el paisaje mientras comes. Allá cortamos hojas tiernas para que me comas bien. Aquí me vas a comer todo lleno de tierra, se te pueden quebrar los dientes.

Se fueron.

–Pero eso sí, cárgame hasta allá –dijo el conejo.

–Bueno.

El coyote lo llevó a cuestas todo el camino. Cuando llegaron arriba, el conejo le dijo:

–¿Ya ves? Siempre es bonito comer con buena vista. Voy por hojas para tenderlas para que me comas a gusto, con las manos limpias. Así no te ensucias. Espérame, voy a traer las hojas para tenderte la mesa.

–Bueno.

Salió corriendo y ya no regresó. El coyote daba vueltas, buscándolo, pero ya nunca lo volvió a ver.

Los tipis de los indios de las praderas

Casi todos los pueblos que habitaban las inmensas praderas de Norteamérica eran nómadas. Cultivaban la tierra pero lo que más comían eran los animales que cazaban y los frutos y raíces que recogían. No tenían aldeas fijas y constantemente trasladaban sus hogares en busca de alimentos. Por eso necesitaban casas que pudieran desarmarse fácilmente y que no pesaran demasiado. Las casas que estos pueblos utilizaban eran los "tipis", unas tiendas en forma de cono. Los tipis eran muy prácticos porque se podían llevar de un lugar a otro y porque se ocupaba muy poco tiempo en levantarlos.

Para hacer un tipi sólo se necesitaban ocho o diez postes de madera o carrizo y varias pieles de bisonte cosidas entre sí. Con los postes se fabricaba un armazón: se clavaban por separado en el piso, en un gran círculo, y luego se amarraban por la parte de arriba de manera que se sostenían unos a otros. Las pieles servían para cubrir la estructura que se había hecho con los postes.

Así, se armaba una casa con paredes de piel y piso de tierra. El interior tenía forma circular. Justamente en el centro estaba el lugar para encender la fogata y alrededor de ella se colocaban camas o

asientos de piel. Entre ellos se ponían los objetos de los moradores, como armas, ropa, adornos y utensilios. Estos objetos, por cierto, eran muy pocos, pues no era cómodo cargar muchas cosas de un lugar a otro. El dueño del tipi siempre ocupaba el asiento opuesto a la puerta de la entrada. Los lugares a su derecha eran para las mujeres, sus esposas e hijas, y los asientos que estaban a su izquierda para los hombres, ya fueran sus hijos varones o sus visitas.

Aunque los tipis eran viviendas sencillas tenían muchas comodidades. En la parte más alta, que quedaba encima de la fogata, había un orificio para dejar salir el humo. Era una ventana que estaba equipada con dos tiras de papel que podían cerrarse o colocarse en diferentes inclinaciones de acuerdo con la dirección y la fuerza del viento. Los tipis servían en cualquier época del año. Las pieles que se usaban como pared tenían pequeños agujeros en las orillas inferiores, en ellos se ensartaban cordones que se amarraban a unos palitos clavados en el suelo. En verano se usaban cordones largos para que la piel quedara un poco separada del suelo y dejara pasar el aire, refrescando el interior. En invierno los cordones eran cortos para que la piel quedara bien pegada a la tierra y así se conservara el calor dentro de la tienda. ¿Y qué pasaba cuando llovía si el piso era la misma tierra?

Para estas ocasiones los indios cavaban pequeños fosos alrededor de sus tipis y así evitaban que el agua mojara el suelo de sus casas.

Las aldeas temporales de los habitantes de las praderas eran alegres y muy bonitas. Los tipis siempre estaban dispuestos en perfecto orden, uno junto al otro, formando un gran círculo y estaban decorados con pinturas de animales o con dibujos geométricos. Todos los tipis quedaban colocados con la puerta hacia el interior del círculo, y en el terreno que quedaba en medio de ellos la gente se reunía para platicar, jugar o trabajar. Ahí se sentaban los hombres en círculo para fumar la pipa sagrada.

Cuando llegaba el momento de partir, cada familia recogía sus pocas pertenencias y desarmaba sus tiendas. Después cargaban a sus animales con sus objetos y con las pieles bien dobladas de los tipis, y se sumaban a la caravana cantando una canción.

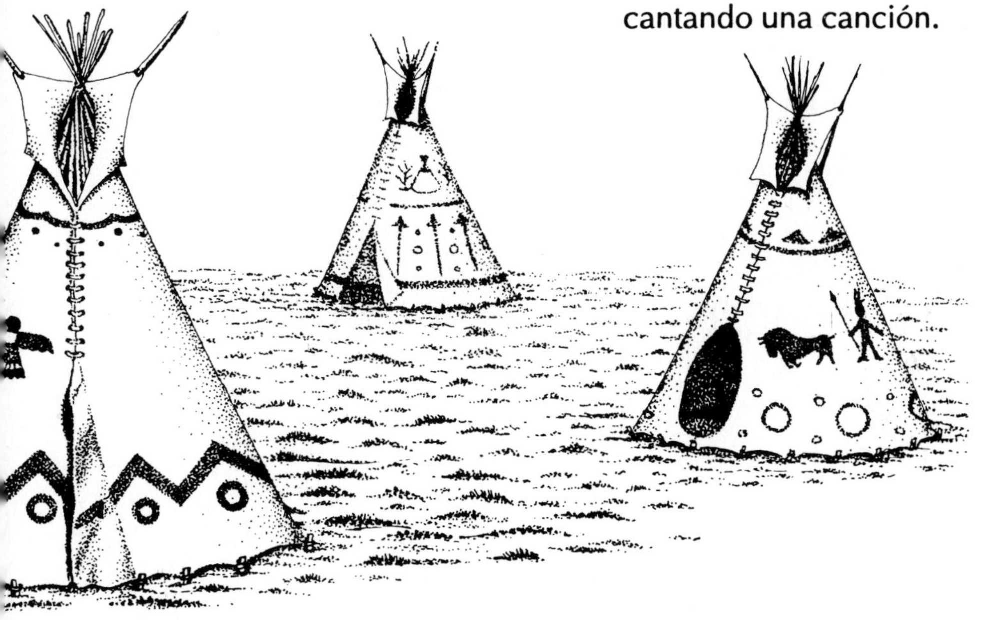

Cristo y el diablo comparan su sangre

Cristo y el Diablo se encontraron un día e hicieron una apuesta para ver cuál de los dos tenía la mejor sangre.

El Diablo se cortó y de su sangre brotaron las serpientes, los reptiles ponzoñosos, las iguanas, los gusanos y las lagartijas.

Luego se hirió Cristo y de su sangre brotaron los frijoles, el maíz, la calabaza, la caña y el plátano. Por eso dicen los mayas que Jesucristo los formó con su sangre.

El niño que trajo el maíz

Hace mucho tiempo vivió un músico que tocaba el violín en forma extraordinaria. Ese músico se enamoró de una muchacha muy hermosa, pero nadie nunca había podido acercarse a ella para hablarle de amor.

El músico se convirtió en pulga y esperó a ver pasar a la bella mujer para brincar a su vestido. Fue así como entró a su lecho y durmió con ella.

Después de esa noche de amor el músico empezó a tocar su violín mejor que nunca y con ello despertó la envidia de los Señores del Trueno. Entonces los cuatro Señores del Trueno mandaron fusilarlo.

Pero en el vientre de la mujer, la araña del Este ya había comenzado a tejer el ombligo de su hijo.

Nueve meses después nació un pequeño. Pero murió muy rápido y su madre lo enterró fuera del cementerio, con mucho cuidado, como si lo estuviera sembrando.

Tiempo después sobre la tumba del niño creció una magnífica planta de maíz llena de mazorcas. Un día, cuando en el pueblo no había qué comer porque los hombres habían envenenado a los peces del río, la madre fue a cortar esas mazorcas. Pero los granos de maíz le supieron muy amargos y fue a tirarlos al río.

En el momento en que la madre lanzaba los granos al agua, pasó por ahí una tortuga que recogió uno de ellos y lo puso sobre su caparazón. Con el tiempo, de esa semilla brotó un niñito.

Cuando el niño creció y la tortuga ya no pudo cargarlo, le dijo:

–Te voy a dejar en la orilla del río para que busques a tus padres en la Tierra.

Apenas salió del río, el niño encontró un machete. Con él cortó cuatro pedazos de carrizo para juntar la espuma, que es el sudor del agua. Un caimán lo vio jugando y lo amenazó:

–Voy a comerte.

–Está bien –le contestó el niño al caimán que es un poco tonto, según dicen los totonacas cuando cuentan esta historia–. Abre bien la boca. Voy a lanzarme como una flecha para que me tragues.

El caimán abrió la boca. Esperaba tragarse al niño cuando sintió que lo que entraba a su boca no era él, sino el machete, que le cortó la lengua.

El pequeño partió en cuatro pedazos la lengua del caimán y los colocó en las puntas de sus carrizos para agitar la espuma del agua. Así fue como creó el rayo.

Después el niño fue a la tumba de su padre. Se colocó sobre ella con los brazos en cruz y dijo:

–Levántate, padre. Te voy a cargar sobre mi espalda y nos iremos juntos.

El músico se levantó y el niño lo cargó en su espalda. De pronto cayó sobre ellos una hoja de hormiguillo y el padre se asustó tanto que saltó a tierra y corrió con todas sus fuerzas. Mientras se alejaba por entre los árboles se fue transformando en ciervo.

El niño siguió caminando por el mundo. Un buen día se construyó un arco y unas flechas y se fue al río a tirarle flechazos a los peces. Al ver que atacaba a las truchas y a los cholotes, el Señor del Agua se le puso enfrente.

–¿Qué estás haciendo, muchacho? –gritó muy enojado–. ¡Vas a matar a todos mis peces con tus flechazos!

–Al contrario voy a curarlos. Les estoy enseñando a desconfiar para que huyan cuando vengan los hombres a tratar de pescarlos.

Ya se disponía a flechar a los huevinos y a los panzoncitos cuando el Señor del Agua lo detuvo. Por su culpa, esos pececitos no se asustan y los hombres los capturan fácilmente.

Antes de alejarse del río, el niño vio un camarón y le pidió que le diera su mano para hacerle una pinza. El niño abrió de un machetazo la manita del camarón y así quedó como una tenaza.

–Ahora podrás defenderte cuando quieran agarrarte –le dijo.

Del río se fue a buscar a su madre. Cuando llegó a la casa de su madre, se ocultó para que nadie lo viera. Al principio se escondía para hacerle travesuras, pero cuando su madre lo descubrió y

estaba por regañarlo, el niño preguntó:

–Mamá, ¿ya no te acuerdas de mí? ¿No recuerdas que me enterraste y que después desgranaste en el agua el maíz que creció de mi tumba?

Hule: *caucho*

Al reconocerlo, la mujer le pidió que se quedara con ella para tocarle música como hacía su padre.

Entonces el pequeño construyó un violín y un arpa. Los tocaba muy bien y también enseñó a su madre a tocarlos para las fiestas de los dioses. Le dijo que ella sería la abuela de todas las criaturas, y que cuando la gente quisiera hacer una ceremonia para los dioses, la llamarían a ella.

El niño tocaba el arpa todas las noches.

–No sigas tocando, mi hijo. Van a matarte como mataron a tu padre –le advirtió su madre.

Pero el niño siguió tocando por las noches y la música molestó a los cuatro Señores del Trueno.

Finalmente los cuatro Señores del Trueno mandaron llamar al niño

–Mucho nos has molestado con tu música. Pero no te vamos a matar como a tu padre. Te retamos a que compitas con nosotros en varias pruebas. El que resulte vencido tendrá que obedecer al vencedor.

La primera prueba era un juego de pelota, pero en realidad lo que los Truenos querían era matar al niño de un pelotazo. Los Truenos lanzaron la pelota de *hule* con toda fuerza, pero el pequeño la detuvo y se las devolvió. Así hicieron hasta que el niño se cansó y dijo:

–Es mi turno –y tiró la pelota sobre ellos con tal fuerza que derribó a sus cuatro rivales.

Los Truenos habían perdido la partida y propusieron el siguiente reto: comer hasta ver el final del plato. Perdería quien no pudiera terminarlo.

Mientras que los Truenos se hartaron de tanta comida, el niño comió y comió hasta acabar con todo. Había metido en su boca a la hormiga arriera que sacaba los alimentos a medida que él los tragaba.

Vencidos de nueva cuenta, los cuatro Señores del Trueno impusieron otro desafío: beber toda el agua de un pozo. Cuando el niño estaba bebiendo, el topo hizo una abertura en el fondo del pozo para que el agua saliera por ahí. Así, el niño volvió a ganar.

Había vencido en todas las pruebas.

–Haremos lo que nos digas, somos tus sirvientes –aceptaron los Truenos.

–Bien. Tomen estos carrizos –y les entregó los carrizos que había fabricado con la lengua del caimán y con la espuma del agua del río–. Uno de ustedes va a ir al Este, otro al Oeste, otro al Norte y otro al Sur. Estén bien atentos: en el momento de la tempestad tienen que sacudir sus carrizos y el rayo relampagueará. Cuando brote el rayo ustedes gritarán y arrojarán la espuma del agua para que se formen nubes y las nubes se conviertan en lluvia.

Entonces los Truenos, que anuncian la lluvia, le dijeron:

–Eso haremos. Pero ahora nosotros te diremos lo que tú tienes que hacer. Tú eres el niño del maíz y vas a cambiar cada año. Cada año te harás pequeñito y luego crecerás. Los hijos de Dios van a sembrarte y van a cosecharte. Todo el mundo tratará de tenerte contento para que crezcas. Te harán ofrendas, te darán pollitos y guajolotes. El viento te mecerá suavemente y el torbellino no te destruirá, te dejará crecer. Nosotros te daremos la lluvia: todo el año va a llover.

Después de derrotar a los Señores del Trueno, el niño del maíz se fue a viajar por todo el mundo.

Cuando la gente lo veía pasar, decía:

–¡Es él! Él es el Hombre del Maíz, el Señor de nuestra carne.

Así fue como el maíz creció en todas partes. Desde entonces en cualquier lugar los hombres comen con gusto el maíz. Pero los totonacas de la costa del Golfo de México saben que el niño del maíz nació entre ellos, en la selva, al lado del río.

Cómo es el mundo según los sioux

Los lakota y los demás pueblos de las praderas de Norteamérica, agrupan cuanto existe en el mundo en grupos de cuatro.

Según ellos cuatro son las direcciones: el Poniente, el Norte, el Sur y el Oriente. El tiempo también se divide en cuatro: el día, la noche, las lunas y el año. Todas las plantas que brotan de la tierra tienen cuatro partes: las raíces, los tallos, las hojas y los frutos. Cuatro son las especies de seres que respiran: los que se arrastran, los que vuelan, los que caminan en cuatro patas y los que caminan en dos. Hay cuatro cosas sobre nuestra tierra: el Sol, la Luna, el cielo y las estrellas. Cuatro son las deidades: los Grandes, los Ayudantes de los Grandes, los que están por debajo de ellos y los Espíritus. La vida del hombre también se divide en cuatro etapas: la primera infancia, la niñez, el estado adulto y la vejez. Por último los hombres tienen cuatro dedos en sus cuatro manos y pies. Los dedos pulgares y dedos gordos de los pies están frente a ellos para ayudarlos a trabajar y también son cuatro.

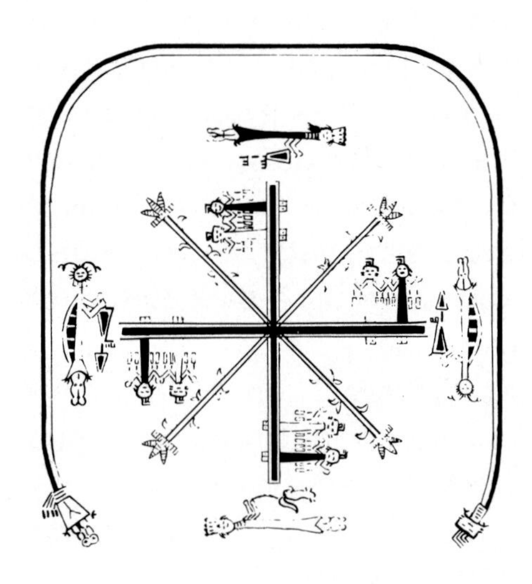

El Gran Espíritu hizo todo en grupos de cuatro y los hombres deben obedecer esta norma y agrupar las cosas y tiempos así.

Además, las cuatro partes del mundo tienen forma de un círculo, pues el Gran Espíritu también quiso que todo fuera circular. Éstas son las palabras de un chamán de los oglala, que son parientes de los lakota:

"El Gran Espíritu hizo que todo fuera circular, excepto las piedras. Por eso las piedras destruyen. El Sol y el cielo, la Luna y la Tierra son redondos como escudo, el cielo además es hondo como un cuenco. Cuanto respira es redondo, como el cuerpo de los hombres. Cuanto crece de la tierra es redondo como los tallos. Si así lo hizo el Gran Espíritu, los hombres deben considerar al círculo sagrado, pues es el signo de la naturaleza. Es el signo de los cuatro confines del mundo y los vientos que entre ellos vuelan. También es el signo del año. El día y la noche, la Luna, dan vueltas en el cielo. El círculo es el signo de los tiempos."

Por eso los oglala y los demás hacen redondos sus tipis. También sus campamentos son circulares y se sientan en ruedas durante las ceremonias. El círculo es el refugio y la casa. Los adornos en forma de círculo representan el mundo y el tiempo.

Cuando los hombres se sientan en un círculo alrededor de una fogata para fumar la pipa sagrada, la pasan de uno a otro y dicen:

"En círculo te paso esta pipa, a ti que con el Padre vives; en círculo hacia el día que comienza; en círculo hacia el hermoso; en círculo completo por los cuatro lugares del tiempo. Paso la pipa al padre, con el cielo. Fumo el Gran Espíritu. Séanos dado tener un día azul."

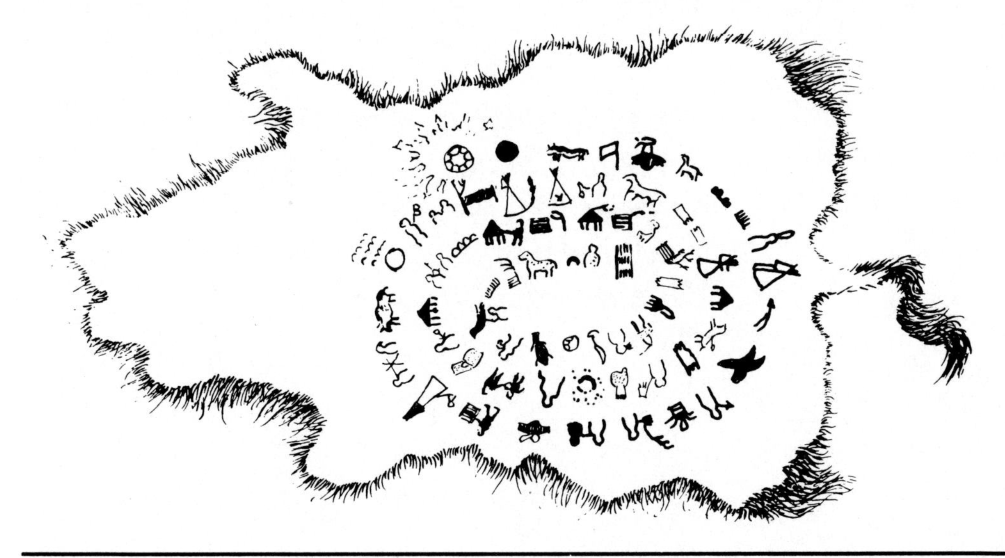

Canciones de cuna

Cállate niño.
cállate ya,
Tu madre te va a traer
un antílope para comer.
Cállate niño.
cállate ya,
el mejor trozo te dará
pero cállate, cállate ya.

Bebé que nada en el río,
patitas de leño que flota,
patitas de conejo.
Niño que nadas, no vayas muy lejos.
(Kiowa)

Duerme, duerme, duerme
en la ruta de los escarabajos
unos arriba, otros abajo,
unos delante, otros detrás.
Duerme, duerme, duérmete ya.
(Zuñi)

No te duermas,
tu lanza y tu remo
cayeron al agua.
No te duermas,
cuervos y urracas
vuelan por allí.

No te duermas
tu lanza y tu cesto
cayeron al agua.
Despiértate,
en la playa
bajó la marea.
Despiértate o llegarás
tarde hasta allá.

(Kwakiutl)

Para cuidar a un niño mexica

Los antiguos mexicas tenían las siguientes creencias sobre la manera en que debían cuidar a los niños pequeños:

Los padres prohibían a sus hijos acercarse a los postes. Decían que los que se arrimaban a los postes se hacían mentirosos, porque los postes son mentirosos y se lo pegan a los que se ponen junto a ellos.

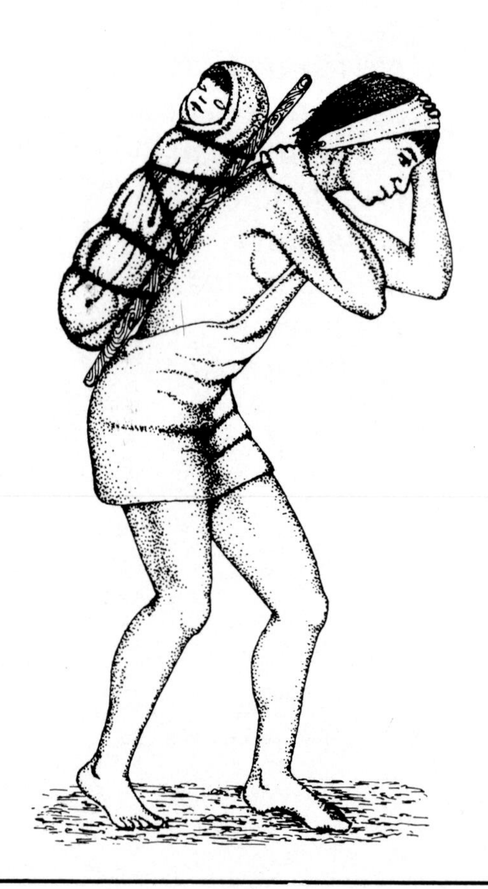

A la hora de comer, un niño no debía beber agua u otra bebida antes que sus hermanos mayores y sus padres hubieran bebido. Si lo hacía, decían que no crecería y que se quedaría enano.

Al nacer un niño varón, guardaban su ombligo. Más tarde, sus padres se lo daban a algún comerciante que fuera a tierras lejanas, para que lo enterrara en algún lugar muy conocido y de buena fama. Y cuando el comerciante regresaba les contaba en qué población lo había enterrado y entonces el nombre de esa población servía también como un segundo nombre del niño. También solían enterrar los ombligos en los campos de batalla, para que los niños fueran guerreros valientes.

Los hombres roban la noche a los animales

En aquel tiempo, nuestros antepasados, los primeros cashinahuas que vivieron en la gran selva no descansaban jamás porque la noche no existía. Tenían el día que le habían pedido prestado al venado, pero como ese animal nunca cierra los ojos, la noche no les llegaba jamás.

¡Pobres antepasados nuestros! No podían dormir en paz, sólo se podían dedicar a las labores del día: trabajar, cazar, lavar, cocinar.

Por eso decidieron conseguir una noche entre los animales. Primero fueron con el ratón. Con su noche apenas pudieron comer y conversar un poco al lado del fuego. Cuando se iban a meter a las hamacas para dormir, se hizo nue-

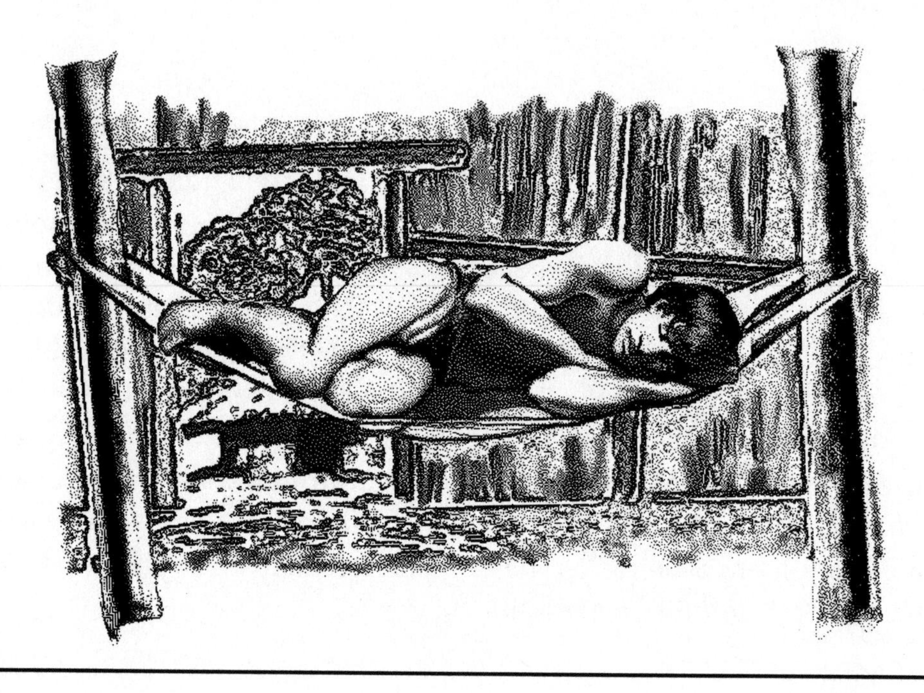

vamente de día. Fue así porque el ratón duerme nada más por ratos.

Entonces fueron con el *sachacuy* y con la *pacamama*. Sus noches duraron un poco más, pero no lo suficiente. Los hombres apenas alcanzaron a tirarse en las hamacas y a cerrar los ojos cuando empezó a amanecer.

Con el tapir sucedió todo lo contrario. Los hombres tuvieron tiempo de sentarse alrededor de la fogata, comer, oír las historias de los viejos e irse a dormir. Los esposos pudieron acariciarse sin prisa. Pero cuando despertaron había pasado mucho tiempo. Las plantas de la selva habían crecido dentro de su maloca y habían agujereado el techo. ¡Todo estaba estropeado!

Finalmente los hombres combinaron la noche de la tuza y la del armadillo. Así quedaron satisfechos: pudieron descansar bien y despertarse a tiempo. Ahora la tuza y el armadillo duermen durante el día y se levantan al anochecer. Es porque nuestros antepasados nunca les devolvieron las noches que les habían pedido prestadas.

Sachacuy: *roedor*

Pacamama: *roedor muy grande*

Los juegos de los esquimales

Entre los esquimales, no solamente los niños juegan. En las largas temporadas de ocio durante el invierno, cuando no se puede pescar ni cazar, también los adultos organizan juegos para ejercitarse y mostrar su destreza.

Para jugar escondidillas primero escogen al que se esconde. Los demás jugadores agachan la cabeza para no mirar a dónde corre el elegido. Uno solo se esconde y todos los demás lo buscan; cuando lo hallan, lo persiguen. El primero en tocarlo gana y debe esconderse. El otro queda fuera. El juego sigue hasta que todos se han escondido.

También juegan al lobo. Escogen a uno de los niños, el caribú, que es la presa. Le dan cierta ventaja. Luego, los lobos corren tras él. El primero en tocarlo gana. Después el ganador tiene que representar al caribú.

En el juego del silencio, esta prohibido hablar o reír. El primero en reír recibe un nombre gracioso. Cuando vuelven a comenzar, todos lo miran para hacerlo reír de nuevo. Los niños conservan los apodos hasta que finaliza el juego.

Las niñas juegan a las muñecas. Juegan a la casita, al papá y a la mamá. Arremedan a los mayores.

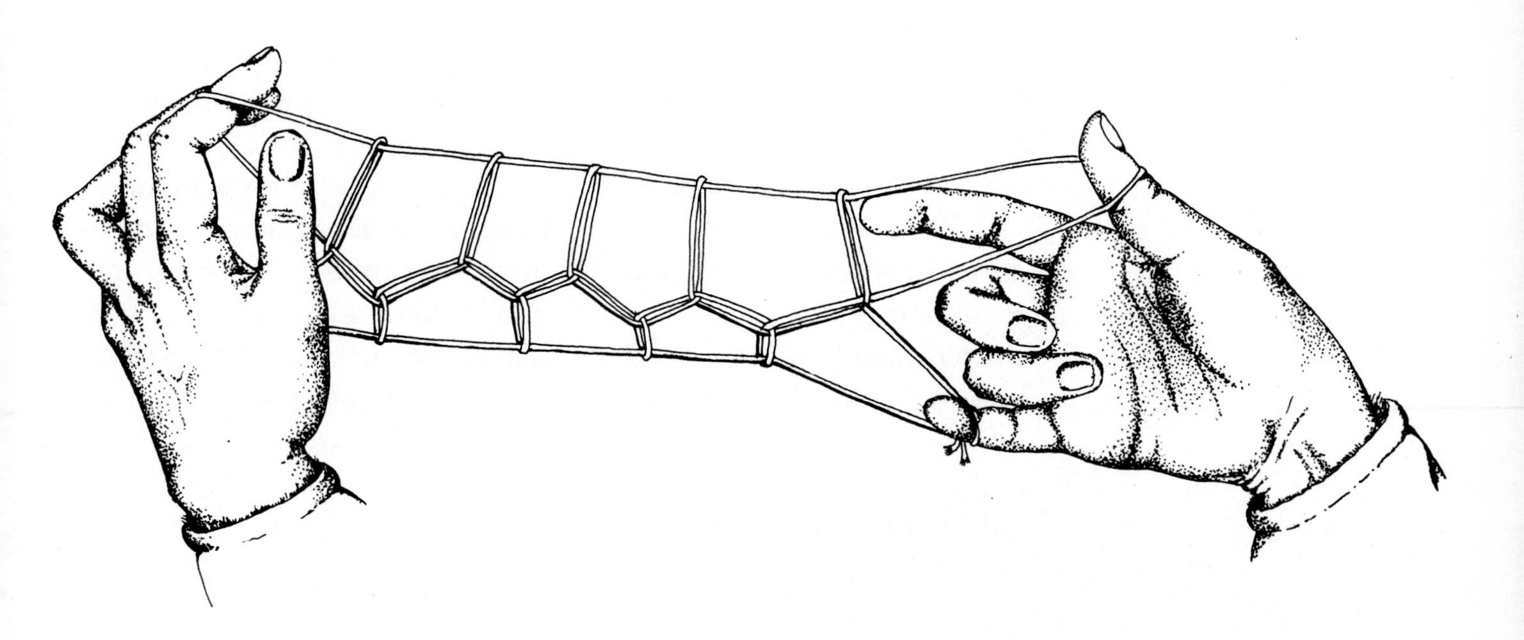

Los niños juegan al tiro al blanco recortando figuras de hombres o animales de nieve y apuntándoles con arcos y flechas.

En el juego de la tumba, uno de los niños representa al muerto. Los demás ponen piedritas hasta delinear perfectamente su silueta en la nieve.

El *nuklugak* es un trozo de hueso o madera lleno de agujeros que cuelga del techo. Los jugadores deben aventar palitos delgados para ensartarlos en los agujeros.

Como en todo el mundo, se hacen cosquillas, se dan golpes, se dicen adivinanzas y se cobran prendas.

Dicen los esquimales que quienes saben jugar brincan sobre la adversidad. Quien canta y llora no puede ser malo.

El tapir y los niños

En la selva del Amazonas hay muchos árboles de frutas. Una de las frutas más ricas es la jagua, que tiene la carne blanca y un sabor agridulce.

Un día unos niños encontraron un inmenso árbol de jagua muy cerca de su maloca, pero no dijeron nada a sus padres. En cuanto los grandes se distraían, los niños se escapaban y en unos instantes llegaban al árbol. Primero recogían y devoraban las frutas que habían caído al piso y luego trepaban a arrancar las que aún estaban colgadas de las ramas. Como un

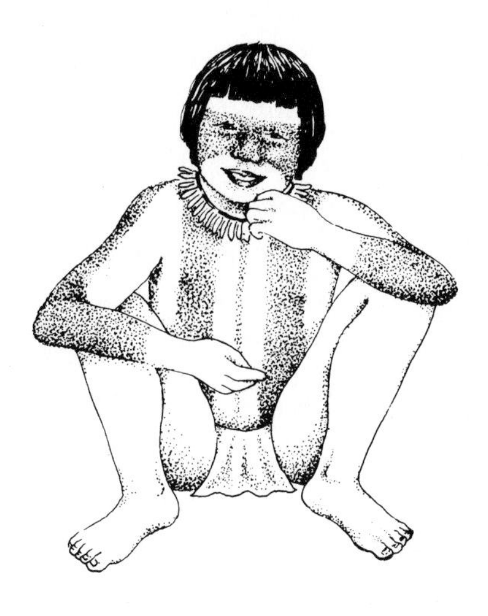

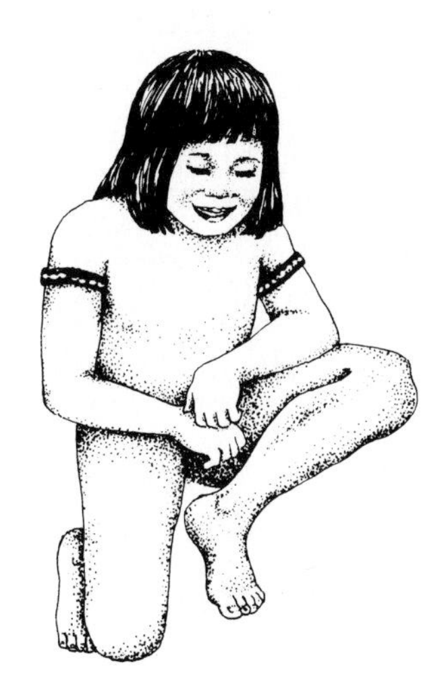

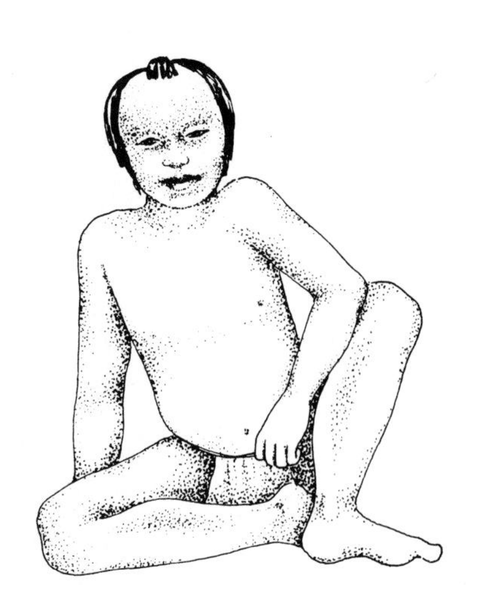

tapir tenía la costumbre de visitar ese mismo árbol cada tarde, los niños se apuraban a comer para no dejarle nada de fruta. Por su culpa, los viajes del animal eran siempre en balde.

Un día los niños treparon hasta la rama más alta, que era la única que aún tenía frutas, y se entretuvieron comiendo las jaguas. Estaban todavía arriba del árbol cuando vieron acercarse al tapir.

–Ahí viene el viejo –dijo el mayor–. Más vale que le demos algunas frutas o se pondrá furioso.

Cuando el tapir los vio arriba del árbol, les preguntó si tenían muchas frutas. Los niños respondieron que sí.

–Entonces, aviéntenme algunas.

Los niños dejaron caer unas frutas y el tapir empezó a comer. ¡Por fin podía probar las deliciosas jaguas! Pero su festín no duró mucho. Después de un rato, a uno de los niños se le ocurrió aventarle las cáscaras de las jaguas que ya se habían comido.

¡Eso era demasiado! El tapir se enojó tanto que pateó el tronco del árbol con todas sus fuerzas. El árbol se estremeció y los niños, que estaban desprevenidos, cayeron al piso. Sólo uno de ellos alcanzó a colgarse de una rama. El tapir pisó a los que habían caído y los enterró con sus pezuñas. Después se alejó y no se detuvo porque su furia era muy, muy grande.

Pasó el tiempo y los niños enterrados salieron de la tierra. Unos tenían forma de tortugas y otros de personas. El niño que se había quedado arriba los llamó a gritos.

–¿Están bien? ¿Qué les pasó?

–No te preocupes por nosotros –respondieron–. ¿Viste para dónde se fue el tapir?

El niño señaló el camino desde arriba del árbol y los demás partieron inmediatamente tras él. Ni siquiera pensaron en volver a la maloca con sus padres.

–Ahora nos toca matarlo –decían.

Avanzaron varias horas y encontraron un poco de excremento de tapir.

–¿Hacia dónde fue tu amo? –le preguntaron.

–Se fue río arriba, pero pasó hace ya mucho tiempo –respondió.

Los niños continuaron su camino y encontraron más pilas de excremento. A todas les preguntaban lo mismo y todas les señalaban el camino. Así, pila por pila, los niños persiguieron al tapir.

Finalmente, después de caminar muchos meses, encontraron excremento más fresco.

–¿Hace cuánto pasó tu amo?

–Hace cinco días.

Los niños se pusieron contentos y avanzaron más aprisa. Después encontraron una pila que aún no se secaba y otra que estaba humeando. Las dos les dijeron que su amo había pasado ese mismo día. Al poco tiempo dieron con excremento que tenía unos cuantos minutos. ¡Ni siquiera tuvieron que preguntarle por su amo!

Avanzaron unos pasos más, sin hacer ruido, y se encontraron al tapir, tirado, durmiendo. Lo mataron con sus lanzas y macanas. Enseguida hicieron una gran parrilla de madera, destazaron al tapir y lo asaron completo sobre ella. Cuando estuvo listo se comieron la cabeza, las piernas y las costillas. ¡No dejaron nada!

Cuando terminaron de comer se dieron cuenta que se habían alejado mucho de su maloca. Por eso decidieron que era más fácil subir al cielo. Enviaron primero la parrilla para asar y luego siguieron ellos. Ahí se quedaron. Todavía se les puede ver reunidos en el mismo lugar alrededor de su parrilla; son el grupo de estrellas que aparece al sur del cielo en la época de lluvias y al norte en la época de calor.

Dime en qué día naciste

Los antiguos pueblos de Mesoamérica se guiaban por dos calendarios: el calendario solar de 365 días y el calendario de los destinos que tenía 260 días. Los meses del calendario de los destinos tenían 20 días y cada día tenía su nombre (como los días de nuestra semana tienen nombres). Los nombres se combinaban con 13 números hasta hacer 260 días

Cada día tenía su destino, según su nombre y número, y ese destino se transmitía a los niños que nacían en él. Por eso, los mexicas decían que el carácter de una persona dependía del día en que había nacido. Así describían el destino:

El primer día se llamaba *cipactli,* monstruo de la tierra. Los nacidos en ese día tenían buena fortuna. Si eran hijos de gente principal, se hacían importantes y ricos; si eran hijos de padres humildes y pobres eran valientes y honrados y acatados por todos. Las mujeres eran ricas y tenían todo cuanto necesitaban para su casa, para gastar en comida y bebida, para hacer convite, para bailar y danzar.

Los que nacían en el signo *ocelotl,* ocelote, eran desafortunados. Los hombres eran tomados prisioneros en la guerra y morían sacrificados, y en todas sus cosas eran desdichados y viciosos. Las mujeres no eran bien casadas.

Los nacidos en el signo *mazatl,* venado, eran temerosos y de poco ánimo, porque es natural del venado ser miedoso. Cuando oían tronidos y relámpagos sentían mucho miedo. Por eso, los padres, al saber que un hijo había nacido venado, no lo cuidaban pues estaban seguros de que habría de terminar mal.

En el signo *xochitl,* flor, nacían personas chocarreras y parlanchi-

nas, pero también truhanes que podían volverse soberbios y desdeñosos.

El quinto signo, llamado *acatl,* caña, era de muy mala fortuna. Los nacidos en él siempre vivían desafortunadamente y todas sus cosas se las llevaba el viento.

En el signo *miquiztli,* muerte, nacían personas de muy buena fortuna, que eran respetados por todos. Por eso los padres bautizaban al niño el mismo día que nacía, para que todos supieran que era del signo *miquiztli.*

Los que nacían en el signo *quiahuitl,* lluvia, eran malvados, brujos que se podían transformar en animales y sabían palabras para hechizar a las mujeres. Por eso, cuando un niño nacía en *quiahuitl,* debía bautizarse otro día, para que no se hiciera brujo.

El día *malinalli,* trenza, era desafortunado. Los que nacían en él eran prósperos algún tiempo, pero luego caían de su prosperidad. Tenían muchos hijos pero se les morían todos.

En el signo *coatl,* serpiente, nacían hombres bien afortunados y prósperos y felices que eran dichosos en la guerra. Las mujeres eran ricas y honradas.

El décimo signo, *tecpatl,* pedernal, era un signo feliz. Los hombres que nacían en él eran valientes, honrados y ricos. Las mujeres eran hábiles, bien habladas y discretas. Nunca les faltaba qué comer.

Los que nacían en el signo *ozomatli,* mono, eran alegres y amigos de todos. Se hacían cantores, bailarines o pintores. Aprendían bien cualquier oficio por haber nacido en ese signo.

En el signo *cuetzpalin,* lagartija, nacían personas flacas, nervudas y sanas. Eran diligentes y vividores. Al igual que la lagartija, las caídas y los golpes no los dañaban, sino que inmediatamente se recuperaban. Eran grandes trabajadores y con facilidad conseguían riquezas.

El signo *ollin*, movimiento, era considerado indiferente. Los que nacían en él podían ser buenos o malos.

Los que nacían en el signo *izcuintli*, perro, eran bien afortunados. Se hacían ricos y tenían muchos esclavos y daban muchos banquetes.

El decimoquinto signo es *calli*, casa, y era considerado un signo mal afortunado que engendraba pecados y errores. Los que nacían en este signo morían de mala muerte y todos esperaban que fueran sacrificados o fueran ejecutados por algún delito. Aun si esto no les acontecía, eran desdichados y tristes, andaban por ahí asaltando o robando o engañando a los demás en el juego.

El signo *cozcacauhtli*, águila de collar, es el signo de los viejos. Los que nacían en él tenían larga vida y eran siempre prósperos y felices.

De los que nacían en el signo *atl*, agua, la mayoría eran desafortunados y encontraban una mala muerte, pero algunos eran venturosos y vivían felices.

En el signo *ehecatl*, viento, nacían brujos y hechiceros, hombres que se podían transformar en animales.

El signo *cuauhtli*, águila, era de gente valiente y orgullosa, pero también arrogante y grosera que decía palabras soberbias y afrentosas. Presumían de ser bien hablados y corteses, pero eran lisonjeros. Al cabo morían en la guerra. Las mujeres eran deslenguadas y malvivientes.

El último signo es *tochtli*, conejo. Los que nacían en él eran buenos trabajadores, grandes granjeros que sembraban todo tipo de semillas y cosechaban mucho maíz y legumbres con que llenaban su casa. Miraban las cosas de adelante, sabían guardar para el futuro y para sus hijos, protegían su honra y su hacienda.

Cuando un niño nacía, el sacerdote de su barrio informaba a sus padres cuál sería su destino y ellos lo educaban para que supiera aprovechar su buena fortuna o evitar la desventura. También era posible evitar los días más desafortunados si se bautizaba al niño unos días después, de manera que cambiara su signo.

La Madre Tierra

Cuentan los okangon que el Viejo, el Jefe, fue quien creó el mundo. Lo hizo con una mujer. Le dijo que sería la madre de todos los hombres que habitarían el mundo.

Esa mujer es la Tierra. En nuestros tiempos, aunque parezca que ya no es una persona, la Tierra tiene todavía sus piernas y sus brazos, su corazón, su carne, sus huesos y su sangre.

Los inmensos árboles del bosque y los pastos de la pradera son su cabello; la tierra es su carne; las piedras de los arroyos y las rocas de las montañas son sus huesos; el aire es su aliento.

La Tierra está acostada y nosotros vivimos sobre ella. Cuando hace frío, tirita y se encoge; cuando hace calor, suda y crece. Cuando se mueve, hay terremotos que destruyen todo.

La Tierra también es nuestra madre, pues el Viejo tomó un poco de su carne, la amasó en bolas, como barro, y modeló a las personas. Así fue como aparecieron los hombres y las mujeres por primera vez en el mundo.

Juan Pérez Jolote

Ésta es la historia de Juan Pérez Jolote, un indio maya tzotzil de San Juan Chamula, en México. En este capítulo nos cuenta sobre sus primeros años.

No sé en qué año nací. Mis padres no lo sabían, nunca me lo dijeron. Soy indio chamula, conocí el Sol allá en el lugar de mis antepasados que está cerca del Gran Pueblo, en el paraje de Cuchulumtic.

Me llamo Juan Pérez Jolote. Lo de Juan, porque mi madre me parió el día de la fiesta de San Juan, patrón del pueblo. Soy Pérez Jolote porque así se nombraba a mi padre. Yo no sé cómo hicieron los antiguos, nuestros "tatas", para ponerle a la gente nombres de animales. A mí me tocó el del guajolote.

Conocí la tierra de cerquita, porque desde muy pequeño me llevaba mi padre a quebrarla para la siembra. Me colocaban en medio de mi padre y mi madre cuando trabajaban juntos en la milpa. Era yo tan tierno que apenas podía con el azadón. Estaba tan seca y tan dura la tierra, que mis canillas se doblaban y no podía yo romper los terrones. Esto embravecía a mi padre, y me golpeaba con el cañón del azadón, y me decía:

–¡Cabrón, hasta cuándo te vas a enseñar a trabajar!

Algunas veces mi madre me defendía, pero a ella también la golpeaba.

Ahora pienso que tuve mala suerte con ese padre que me tocó. Bien me daba cuenta que a otros niños sus papás los trataban con muchas consideraciones y con harta paciencia los enseñaban. Pero a mí ese padre, con su trago y sus golpes, hizo que se me creciera el miedo en la barriga y ya no quería aguantarme junto a él, no me fuera a matar en un descuido.

Un día domingo, a la hora en que pasa por el camino la gente que vuelve de San Andrés, después de la plaza, me acerqué a una mujer zinacanteca y le dije llorando:

–Mira, señora, llévame para tu casa, porque mi papá me pega mucho. Aquí tengo mi seña todavía, y acá, en la cabeza, estoy sangrando. Me pegó con el cañón de la escopeta.

–Bueno –me dijo la mujer–. Vámonos.

Y me llevó para su casa donde tenía sus hijos, en Nachij.

No muy cerca de esta casa, en otro paraje, había una señora viuda que tenía cincuenta carneros. Cuando supo que yo estaba allí, vino a pedirme diciendo a la mujer que me había traído:

–¿Por qué no me das ese muchacho que tienes aquí? No tiene papá, no tiene mamá. Yo tengo mis carneros y no tengo quién me los cuide.

Luego me preguntó la mujer que me trajo:

–¿Quieres ir más lejos de aquí, donde tu papá no te va a encontrar?

–Sí –le dije. Y me fui con la mujer de los carneros, sin saber adónde me llevaba... pero más lejos.

No recuerdo cuántos meses estuve con aquella mujer; pero fue poco tiempo, porque me fueron a pedir otros zinacantecos. Eran hombre y mujer, me querían para que cuidara sus frutales. Le dieron a la viuda una botella de trago, y me dejó ir.

Yo sentía ganas de jugar a Pedro Iguana con otros niños, o ser un "cazador" en el juego de escarbar la moneda, pero los grandes nomás me daban trabajo. Mi nuevo trabajo era espantar los pájaros que se estaban comiendo las granadas y los plátanos. Aquí, mis patrones tenían dos hijos. Eran muy pobres. Para vivir sacaban trementina de los ocotales y la llevaban a vender a Chapilla. Siquiera los viejos me compraron unos huaraches.

Tierra caliente: *regiones bajas cercanas a la costa*

Un día me llevaron a *tierra caliente* a buscar maíz. Allá trabajaban los zinacantecos haciendo milpa. Llegaron con un señor que tenía montones de mazorcas. Todos ayudamos al señor del maíz en su trabajo; unos desgranaban metiendo las mazorcas en una red y golpeando duro con unos palos, otros lo juntaban y lo encostalaban. A mí me puso a trabajar el dueño, como si fuera mi patrón, y todo el día estuve recogiendo frijol del que se queda entre la tierra. Cuando terminé, me puso a romper calabazas con un machete, para sacarles las pepitas.

Cumplimos tres días de trabajo. Luego los viejos se fueron con sus hijos y yo me quedé para desquitar el maíz que se habían llevado. Con el dueño del maíz estuve partiendo calabazas, hasta que se juntaron otros quince días. Y aunque los viejos tenían que desquitar más cargas de maíz, ya no me dejaron allá. Me dio gusto irme con ellos a su casa porque las plagas y los mosquitos de tierra caliente no dejan dormir. Me dieron para mí una carguita de caracoles de río y eso me puso más contento.

Pasó el tiempo y me volvieron a llevar a tierra caliente. Esta vez los viejos se habían quedado en casa: fui solo con los dos hermanos. Llegamos donde vivía el hombre que tenía el maíz y me dejaron vendido con él por dos fanegas. Llevábamos cuatro bestias y los dos hermanos las cargaron con el maíz que recibieron a cambio de mí. Entonces me dijeron:

—Aquí quédate. Volvemos por ti dentro de ocho días.

Pero ya no volvieron.

Lloré porque iba a quedarme lejos. Los viejos no me pegaban. Nunca me regañaron... Tal vez me querían; pero eran pobres y no tenían maíz, no tenían tierra... ¡Cómo volver a su casa si me habían vendido para tener qué comer!

Todos los días llegaba un *ladino* que vivía en una hacienda cerca de Acala. Era el dueño de la tierra, y el zinacanteco del maíz le pagaba por sembrar en ella... Este ladino iba a ser mi nuevo dueño.

***Ladino:** mestizo que habla español*

Me quería llevar con él porque no tenía hijo y estaba solo con su mujer.

El señor que me compró se llamaba Leocadio. Al día siguiente, de madrugada, oí que relinchaba su caballo. Habló con el dueño del maíz. Llegaba para llevarme. Me montó en las ancas de su caballo, y fui con él a su casa.

Al llegar me entregó con su señora diciéndole:

–Mira, hijita, aquí traigo este muchachito que se llama Juan, para que nos sirva en el día. Para que traiga agua en el *tecomate* y para que le dé de comer a los *coches*. Le entregas un machete viejo para que rompa las calabazas.

Tecomate: *vasija hecha de un calabazo*

Coches: *cochinos, cerdos*

Mayores: *autoridades*

Cuando estuve con el señor Leocadio, supieron las autoridades que el señor tenía un huérfano y le avisaron que me iba a recoger el gobierno para ponerme en un internado. Y un día, por la mañana, llegaron dos policías cuando yo ya había regresado de la ordeña. Me preguntaron de dónde era y les dije que era chamula. También tuve que decir que mis papás estaban vivos y que salí huido de mi casa porque me golpeaba mucho mi papá.

Llamaron por teléfono a San Cristóbal y de allí a Chamula, para mandar llamar a mi padre con los *mayores* del pueblo. Antes que llegara mi padre, le dije al señor presidente:

–No quiero ir con él, no sea que me vaya a matar por el camino.

Cuando mi padre llegó, eso le dijo el presidente, y que yo iría si iba mi madre a buscarme. Mi padre volvió a Chamula y yo me quedé con el señor presidente.

A los quince días volvió solo mi papá y me dijo:

–Ya no te voy a pegar... Vamos a la casa, tu madre llora por ti.

Yo no sé si le creí que ya no me iba a pegar; me regresé nomás para no darle penas a mi madre.

Habían pasado siete meses desde que salí de mi casa. Ocho días después de haber vuelto, mi padre empezó de nuevo a darme con cueros, mecapales y palos, y a decir que había sufrido mucho para encontrarme. Ahora me tocaba a mí sufrir la lluvia de golpes y de insultos. Me daban hartas ganas de huirme otra vez, mucho más lejos de tierra caliente, y ya no regresar, ni siquiera por mi mamá.

Un día pidió mi papá doce pesos a un habilitador de los que andan enganchando gente para llevarla a trabajar a las fincas. Cuando llegó el día para salir al camino, no lo encontraron porque estaba emborrachándose, y me llevaron a mí en su lugar para que desquitara el dinero que él había recibido. Fue conmigo mi tío Marcos. Hicimos cuatro días de camino.

La finca estaba en tierra caliente y tenía plantaciones de cacao y de hule. Pero no trabajé como los demás; sólo traía agua de un pocito para un caporal. Los hombres fueron contratados por un mes y les pagaron doce pesos. Cuando cumplieron el mes, llegaron otras cuadrillas a la finca para ocupar su lugar. Mi tío y yo volvimos a nuestras casas.

Todos los días, desde que regresé, iba con mi mamá a traer leña al monte. Una vez fuimos los tres: mi papá, mi mamá y yo. Llevábamos una bestia que era muy cimarrona: no se dejaba cargar. Yo detenía el lazo de la bestia; pero mi mamá no aguantaba la carga de leña que iba a ponerle encima. Entonces mi papá cogió una raja de leña y nos dio con ella. A mi mamá le pegó en la cabeza y le sacó sangre. Volvieron a cargar la bestia, y después de pegarle también a ella, recibió la carga.

Volvimos al *paraje*; pero yo me quedé en el camino y me fui a San Cristóbal. Conocía el camino porque mi papá y mi mamá me llevaban con frecuencia cargado de zacate para venderlo allá.

Cuando llegué, me encontré en la calle con un hombre que buscaba gente para las fincas de Soconusco. Le dije que si me llevaba, pero de huido, ésa era la verdad, porque mi papá me pegaba. Él me dijo que con mucho gusto me llevaría. Fue a hablar con el habilitador, y luego me preguntó que cuánto dinero quería. Yo le dije que lo que me diera, pero que no fuera mucho. Eso dije y recibí doce pesos.

Llegué a una finca de Soconusco donde ganaba diez centavos diarios. Trabajaba con los *patojos*, pues aparte trabajaban los hombres y aparte nosotros. Los hombres lo hacían por tarea. Yo limpiaba las matas de café para que no criaran monte.

El patrón y el caporal me querían mucho y con frecuencia el caporal me mandaba por la tierra de los tacanecos acompañando a su mujer. Yo me sentía a gusto.

Pasó un año, y me siguieron dando diez centavos diarios porque me descontaban para desquitar lo que me habían adelantado. Así se me fue haciendo costumbre desquitar.

Patojos: *muchachos*

Paraje: *caserío*

Pojkuajky, el Cerro del Viento

Dicen los ancianos mixes, del sur de México, que una vez hace ya mucho tiempo sopló un ventarrón muy poderoso. Cuando se calmó, un hombre salió al monte para traer leña. En su caminata llegó a un lugar que hoy se llama *Pojkuajky,* Cerro del Viento, y vio a varios chamaquitos sentados que se ocupaban en sacar espinas de su cuerpo. No tenían ropa, dicen. El hombre los saludó y luego preguntó:

–Chiquitos, ¿qué están haciéndo?

–Abuelito, ya hemos trabajado por hoy y por eso nos sacamos espinas.

Según cuentan el hombre volvió a preguntar:

–¿Y cómo se llaman?

–No tenemos nombre.

El hombre se fue a cortar leña. A su regreso al pueblo relató su encuentro con aquellos chamacos. Todavía hoy la gente cree que los niños eran los propios vientos y aún ahora dicen que los vientos están vivos. Y es por lo que sucedió aquel día, que el lugar se llama Cerro del Viento.

El carbet

Todavía de madrugada, cuando apenas podían distinguirse algunas sombras en la selva, comenzaba el movimiento en el *carbet* , la casa de los caribes. Uno a uno, los miembros de la familia iban bajando de las hamacas y salían de la choza a dar un paseo. Si la mañana era calurosa, gustosos se bañaban en el mar. De regreso, los varones se sentaban en bancos de madera y aprovechaban la brisa para secar su piel.

Por su parte, las mujeres se acercaban a adornarlos. Comenzaban por desenredarles el largo cabello y lo frotaban con aceite. Si encontraban un piojo lo reventaban con los dientes para castigar sus fechorías, según decían. Después, teñían de rojo el cuerpo de los hombres con una pasta que llamaban *bija*. Remojaban un pincel en la *bija* y empezaban por la cara y el pecho. Después, los caribes se levantaban del asiento para que las muchachas les pintaran las piernas.

Entre tanto, otras mujeres se ocupaban en la preparación del desayuno. Bien podía ser algo de pescado que hubiera sobrado la noche anterior, quizá cangrejo o algún tordo. Lo que no podía faltar en casa era un trozo caliente de pan de *yuca* o *cazabe.*

Yuca: *raíz comestible de mandioca*

Cazabe: *pan de mandioca redondo y delgado*

Los hombres, peinados y embijados, esperaban la comida alrededor de un fogón situado dentro de la casa. Era costumbre invariable comer en silencio, acuclillados sobre los talones. Las mujeres y los niños pequeños comían al final, cuando los señores de la casa, ya satisfechos, volvían a las hamacas.

Mientras las mujeres limpiaban el carbet, algunos varones, si les apetecía, salían a cazar y a pescar. Al volver, dejaban las presas en el piso. Las mujeres recogían todo y guardaban las canoas. Cualquiera podía decidir libremente si quería trabajar o no porque nadie tenía derecho a ordenar a los demás qué hacer.

Los caribes pasaban el resto del día apaciblemente; a ratos fabricaban flechas, garrotes, arcos o cestos; a ratos se recostaban en sus hamacas, tocaban una flauta de carrizo o fumaban tabaco.

Para hacer un carbet los caribes construían un gran recinto de 8 metros de largo por 3 de ancho y 3 de alto, enterrando una serie de postes unidos con ramas y bejucos. Un gran tronco en el centro servía de soporte general del techo. Para el techo usaban tablas cubiertas, primero con cañas y después con hojas de palma. El frente estaba totalmente abierto. La parte posterior se cerraba con carrizos, dejando un orificio que comunicaba el cuarto con la cocina. Como a diez pasos de la construcción, se levantaba el dormitorio de las mujeres y los niños pequeños que aún no tenían derecho de comer y dormir con los hombres. El piso, hecho de tierra alisada carecía de muebles, a no ser por unos bancos de madera fabricados de una sola pieza. Era frecuente ver colgados de los postes interiores redes, hachas, cestos y algunos alimentos.

Los hermanos Rayo y Trueno

Los esquimales saben bien que el Sol y la Luna, las estrellas, el trueno y el relámpago son personas que se fueron al cielo y que allá viven, pero ninguno sabe por qué.

Saben, eso sí, que el Sol y la Luna eran hermanos, pero mataron a su madre y se amaron como hombre y mujer. Por eso, dejaron de ser humanos.

La historia de Trueno y Rayo es ésta:

También eran hermanos y eran huérfanos, no tenían quién se ocupara de ellos, ningún pariente. Vivían en tierra Netsilik. Un día la gente cambió de campamento, siguiendo a los caribúes. Tenían que cruzar el río y por eso prepararon los *kayaks* y las balsas. Dejaron a los dos pobres huérfanos atrás. Nadie sintió piedad por ellos, eran un estorbo en la larga travesía; los abandonaron para que murieran de hambre. Largo rato los vieron los niños, mientras se alejaban: no sabían qué hacer, no tenían comida ni ropa. Escarbaron entre las casas abandonadas y la basura, a ver si encontraban prendas o víveres olvidados. La hermana encontró un pedernal; el hermano, un trozo de piel de caribú, estaba tiesa y seca, ya sin pelo.

Con estas cosas en las manos, gritaron:

–¿Quiénes seremos, quiénes? Ya no seremos humanos, ¿quiénes seremos, pues?

–Un caribú –dijo la hermana.

–No, los hombres te perseguirían y te matarían.

–Una foca.

–No, los hombres te cazarían.

Así fueron diciendo los nombres de todos los animales, sin decidirse por ninguno.

–Seremos Trueno y Rayo.

–Yo seré Trueno –dijo el niño.

***Kayaks:** canoas*

–Yo Rayo –dijo su hermana.

No sabían qué era un rayo, pues no existían. Se elevaron por los aires. La niña golpeaba el pedernal y desprendía chispas; el niño tamborileaba su cuero y los cielos tronaban. Por primera vez el relámpago y el trueno se vieron en el cielo.

Los hermanos se acercaron al campamento de quienes los abandonaron. Pasaron sobre sus tiendas con su ruido y su fuego: mataron a toda la gente y también a los perros.

Otros viajeros llegaron y los encontraron muertos. Se preguntaban qué les habría pasado pues no se veían señales de un ataque y no tenían heridas en el cuerpo. Todos tenían los ojos rojos, inyectados de sangre por el terror. Cuando los tocaron, se deshicieron, pues eran sólo cenizas. A lo lejos se vio un relámpago y, unos segundos después, se escuchó al trueno.

El cuidador de la fogata

Para los indios de las praderas de Norteamérica el fuego era muy importante: con él cocinaban y se calentaban en las heladas noches de invierno. Conseguir leña seca era muy difícil cuando la tierra estaba cubierta de nieve, de modo que la leña que se había guardado del verano y del otoño era un tesoro, pues aseguraba que el grupo no moriría de frío. Los que no tenían fuego para calentarse lo buscaban con desesperación y estaban dispuestos a robarlo.

"El cuidador de la fogata" es un juego en el que un jugador protege el fuego contra otros que lo quieren robar. Un niño es nombrado cuidador de la fogata y se le vendan los ojos. Después se arrodilla frente a tres palos cortos, colocados a treinta centímetros de distan-

cia uno de otro. Los otros jugadores, que pueden ser hasta siete niños más, se colocan en un círculo alrededor suyo. Uno de ellos es el jefe y se encarga de dar órdenes a los demás.

El jefe inicia el juego cuando señala a uno de los jugadores y dice: "Recolectores de madera, necesitamos leña para nuestro fuego". El muchacho señalado tratará de robarse un madero del cuidador de la fogata. Tiene que ser silencioso y astuto para que el cuidador no adivine por dónde se acerca. La labor del cuidador es tocar al ladrón antes de que robe el madero, pero no puede correr tras él, sólo puede esperar a que se acerque para tocarlo.

El Cuidador, alerta, debe levantarse como resorte para tratar de tocar al recolector. Si lo logra, el recolector será castigado, se le vendarán los ojos y tomará el lugar del cuidador. En cambio, si el recolector logra distraer o engañar al cuidador, se queda con el palo. Gana el juego el niño que acumule más palos robados al cuidador de la fogata.

El juego de la araña

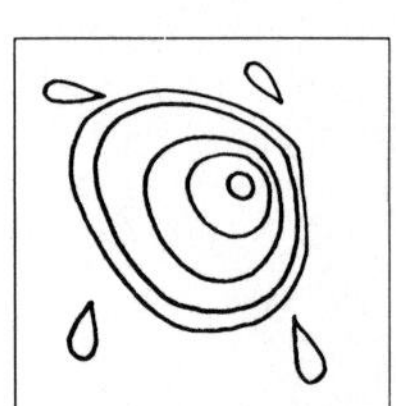

Cuando los niños otomíes juegan a la araña se sientan en círculo y extienden las manos con las palmas hacia abajo. El que canta y cuenta repite los versos en español o en otomí, mientras va pellizcando el dorso de las manos de los demás. Cuando la canción termina, el último en ser pellizcado retira su mano y así siguen, hasta que todos han retirado su mano y queda uno solo. Él será quien cante la siguiente ronda.

¿Adónde vas araña?
Voy a la montaña.
¿A qué vas a la montaña?
A traer una rosa.
¿Para qué es la rosa?
Para ponerla a los pies
de la hija.
¿Dónde está la hija?
La mató la culebra blanca.
¿Dónde está la culebra blanca?
La maté, la enterré en la arena.
¿Dónde está la arena?
La puse en el templo viejo.
¿Dónde está el templo viejo?
Lo tiró un puerco cojo.
¿Dónde está el puerco cojo?
Lo maté y me quedé
con su piel.
¿Dónde está la piel?
La vendí.
¿Y el dinero?
Me compré con él esta flauta de carrizo.

El león y el borrego cimarrón

El león andaba detrás de un borrego cimarrón. Tenía muchos días siguiendo su huella por lo escarpado de la sierra. Poco a poco arrinconó a su presa, hasta que lo condujo a refugiarse en una cumbre sin más salida que el abismo.

El león se acercó lentamente al borrego cimarrón, quien se hizo el disimulado porque no tenía manera de escapar. Al verlo tan tranquilo el león se molestó mucho y le preguntó:

–¿Por qué te haces el disimulado? ¿Qué no te has dado cuenta de que te voy a comer?

–No me estoy haciendo el disimulado, león. Estoy pensando por qué un león prefiere comerse a un solo borrego en vez de apresar a toda una familia de borregos cimarrones –contestó el borrego.

Curioso, el león preguntó:

–¿Dónde está la familia?

–¡Allá, del otro lado de la barranca!

El león se carcajeó.

–Al otro lado de la barranca puede haber muchos borregos, pero no podemos llegar hasta ellos.

–¿Acaso tú no eres más fuerte que yo? –preguntó el borrego–. ¿Acaso no eres más ágil que yo? ¿Quién fue el que me atrapó al borde de este abismo? ¿Quién es el que me puede matar de un solo golpe?

El león se sintió halagado:

–Es cierto, yo soy muy fuerte y muy ágil. Yo te atrapé y te puedo matar en este momento.

–Entonces, si yo puedo saltar el barranco, ¿por qué tú no?

El león se sintió retado, y como no quería dejar dudas acerca de su fuerza y agilidad, le dijo al borrego:

–¡Brinquemos, pues!

El borrego cimarrón le advirtió entonces:

–¡Espera! Te debes fijar cómo brinco yo para que luego tú hagas lo mismo. Recuerda que esta montaña es muy escabrosa y la barranca es muy profunda.

El león pensó: "Si el borrego cimarrón brinca esta barranca tan profunda y tan amplia, yo también puedo. Si el borrego no puede, se estrellará en el fondo y yo me regreso a mi cueva".

El borrego cimarrón le ordenó:

–Muy bien. Párate aquí, en la orilla del abismo, para que te fijes cómo salto y dónde voy a caer.

El león se paró en el borde del abismo mientras el borrego cimarrón tomaba un poco de distancia para dar impulso a su carrera.

–¿Estás listo, león? –gritó.

–¡Sí, ya puedes brincar!

El borrego cimarrón empezó a correr y se abalanzó hacia el abismo, como si de verdad fuera a brincar. Pero, en lugar de eso, se volteó hacia el león y le dio un testarazo con tal fuerza y poder que lo envió hasta el otro lado de la barranca.

Después, el borrego cimarrón regresó tranquilamente sobre sus huellas para perderse en las veredas y riscos de la serranía.

La apuesta del tordo y el zorro

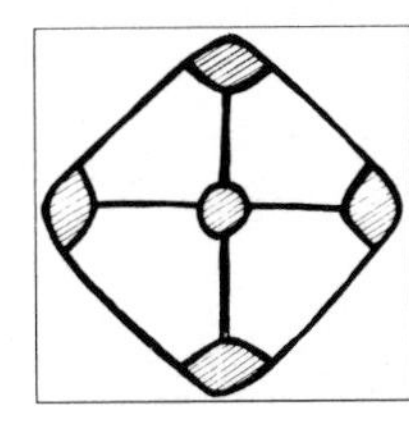

El zorro sentía un hambre atroz, pero todos los animales a los que se acercaba huían al verlo.

Cuando vio un tordo regordete, cerca de su madriguera, se le acercó muy solícito.

–Buen día, compadre.

–Buen día.

–¿Nada qué hacer?

–Nada qué hacer.

–Para que nos entretengamos un poco le propongo que juguemos una apuesta, compadre. Yo le hago quince adivinanzas y usted trata de contestarlas, pero a mi gusto. De lo contrario me lo como. Después, usted me hará quince adivinanzas a mí y si no logro contestarlas podrá arrancarme los ojos. ¿Vale, compadre?

Al tordo le gustaba apostar.

–¡Vale pues, compadre!

–Va la primera: "Está en el camino".

–Es la serpiente –respondió el tordo.

–La segunda: "Acorta el camino."

–La rana acorta el camino, porque lo toma a saltos.

–Jaspea de blanco el camino negro.

–Son las hormigas blancas; jaspean el camino de blanco.

El zorro hambriento pensó adivinanzas más difíciles:

–Se balancean en los altos.

–Los frutos de la enredadera llamada coguill.

–Arriba son aún redondas y abajo ya son chatas.

–En el árbol las manzanas son redondas, al caer se achatan.

–Arriba son coloradas y abajo ya están ensangrentadas.

–En el árbol la guinda garrafal es colorada, y abajo sangrienta.

-Golpea hasta el duro pelliñ.

–Hasta la madera más dura es taladrada por el pájaro carpintero.

–Socava la tierra.

–La rata cava en la tierra.

–Revuelve los huertos.

–El cerdo revuelve los huertos.

–Ya quedan pocas de sus adivinanzas –comentó el tordo.

El zorro, ya molesto, continuó:

–Trotando habla.

–Sobre el árbol alarce se adhiere el hongo.

–Está en cuclillas sobre el tronco negro.

–Sobre el tronco negro caído está en cuclillas el hombre.

–Ya van catorce, compadre zorro –exclamó entusiasmado el tordo–. ¡Dígame la última!

Y entonces el zorro preguntó:

–¿Quién es capaz de comérselo todo?

Y como el pobre tordo vaciló un instante y no respondió enseguida que el único capaz de hacerlo es el zorro, el zorro lo mató y se lo llevó de cena a sus hijos.

–"Pélala, pélala" dice trotando el caballo.

–Brincando hace su camino.

–Saltando y brincando hace su camino la cabra.

–Sonsoneteando las uñas va.

–Sonsonetean las pezuñas de la vaca al andar.

–Está sentado sobre el gran alarce.

Recetas para cuidar a los niños

Los huaves, del sur de México, tienen las siguientes recetas para aliviar a sus hijos:

❤ Cuando un niño llora mucho porque va a tener un hermanito, la mamá quema las flores secas del altar con un poco de *chile*. El niño traga ese humo y así vomita al llorón que tiene dentro. Si no lo vomita, va a querer comerse a su hermanito con ése que tiene dentro.

Chile: *ají*

❤ La cáscara de culebra se usa cuando los niños se orinan en la cama. Cuando están durmiendo se les pone un envoltorio encima de su pitito o su conchita. Ya no se orinan sin sentir, avisan, porque ya se les espantó su región.

El Caminante Solitario

Esta es la historia que cuentan los ancianos yukis:

Cuando el mundo era nuevo sólo había agua y niebla. En el agua había espuma que daba vueltas y vueltas. Tras un tiempo, de la espuma brotó un ser humano. En la cabeza tenía plumas de águila, era *Taikó-mol*, el Caminante Solitario. Se paró sobre la espuma y cantó. No había luz. *Taikó-mol* quería hacer la Tierra, pero el agua la barría una y otra vez. Por eso hizo unos enormes ganchos de piedra, los plantó en las cuatro direcciones y los estiró hasta que se formaron muchas líneas que cruzaban el centro del mundo. Entonces dijo una palabra y apareció la Tierra. Para que el océano no se la volviera a llevar, la forró toda con piel de ballena. Sacudió la Tierra, a ver si ya estaba firme. Así nacieron los temblores y terremotos.

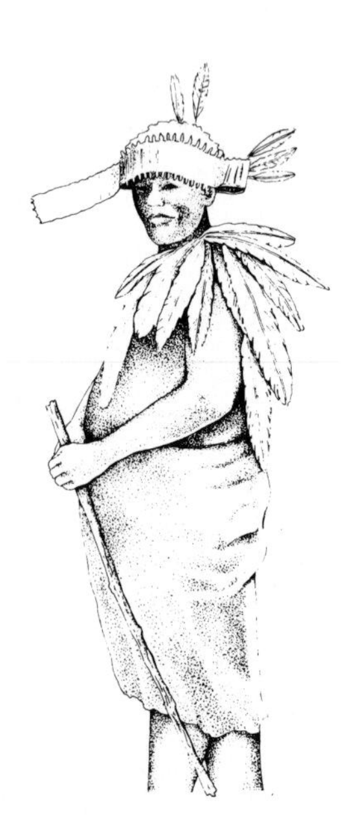

La tierra era baldía y plana. En el océano había peces y otras criaturas, pero en la tierra, nada vivía. Taikó-mol tomó las plumas de varias aves: colocó plumas de águila y de zopilote en el suelo y se convirtieron en montañas; las quebró con rayos y aparecieron los ríos. Formó a los pájaros y a los animales. Después les dio la forma que ahora tienen y creó a las personas.

Hizo una casa con madera de caoba del monte; las ramas que tenían nudos fueron hombres; las ramas lisas se hicieron mujeres y las ramas pequeñas, niños.

"En la mañana, la casa se llenará de ruido. Comenzarán las risas y las pláticas", ordenó *Taikó-mol.*

Así se pobló la Tierra y amaneció el primer día. *Taikó-mol* se fue hacia el Norte y le enseñó distintas lenguas a los diferentes pueblos. Cuando terminó su labor, subió al cielo.

Los niños que comieron maíz crudo

Dicen los viejos mayas que el coyote, antes de ser coyote, era un niño.

Cuentan que una vez un hombre envió a sus dos hijos a la *milpa* para que cuidaran las plantas de maíz.

Cuando los niños estaban en la milpa probaron las mazorcas de maíz crudo. Les gustaron tanto que, cada vez que su padre los mandaba a trabajar, se comían todas las mazorcas crudas que podían.

Por eso un día los niñitos se convirtieron en coyotes y no regresaron a su casa. Cuando el hombre llegó al hogar preguntó a su mujer por sus hijos:

–¿A dónde fueron los niños?

–Desde que se fueron a la milpa no han regresado –dijo la mujer.

"Me pregunto si les pasó algo", pensó el hombre y salió en su busca.

Fue a ver a sus pequeños a la milpa, pero cuando llegó no encontró a nadie. Entonces se dijo: "Me pregunto si estos niños se habrán convertido en coyotes", y empezó a buscar sus rastros. Rodeó toda la milpa hasta encontrar las huellas de los pies de sus hijos. Esas huellas le enseñaron al hombre que sus niños habían subido a una alta roca y ahí mismo se habían convertido en coyotes, pues las huellas que bajaban de la roca ya no eran de personas.

Por eso hasta ahora entre los mayas se cree que el maíz daña si se come crudo, porque el que lo come se vuelve coyote, como esos niños.

***Milpa:** campo de cultivo*

Los niños mexicas

Todos los pueblos tienen sus propias ideas sobre cómo deben ser los niños y cómo deben comportarse. Ésta es la manera en que los antiguos nahuas, que vivían en el centro de México, veían a los niños:

El bebé

Es un niño lactante, o quizá uno tiernecito, o quizá de vientre.

El infante

El infante es llorón, toma leche. Es delicado.

El buen infante no tiene tacha, es limpio, claro, perfecto, de buena apariencia. Crece, se hace fuerte, embarnece, engruesa, se desarrolla. El buen infante alegra a la gente, es dueño de la alegría. Mama leche, engruesa, crece.

El mal infante es intranquilo, no descansa, está dañado, tiene labio leporino, es cojo, es manco. Enferma, agrava, muere. El mal infante causa problemas, causa penas. Está lleno de roña, está roñoso, está infectado.

El niño

El niño es pequeño, es tierno, tiene su madre y su padre. Puede ser el único hijo varón o el hermano menor o el hermano mayor.

El buen niño es alegre, risueño, gozoso. Es muy feliz, ríe, salta, goza. El niño de buen corazón es obediente, acatador, respetuoso, temeroso, humilde. Obra humildemente, obedece, respeta a la gente, aprende.

El niño malvado es llorón, enojón, lleno de pena. Se enoja, llora. El niño de corazón estropeado es muy malo, desobediente, intranquilo. Actúa con maldad, salta, roba, miente, comete faltas.

La fiesta del tambor y del elote

Cuentan los huicholes que cuando brota el maíz de la tierra, bala como venadito joven y llora como criaturita. Maíz, venado y hombres son hermanos. Por eso, cada año, cuando termina la temporada de lluvias, celebran la fiesta de los primeros frutos. En esta celebración participan los niños de todas las comunidades, quienes son considerados como los frutos verdes de las milpas: *elotes* las niñas y calabazas tiernas los niños.

La ceremonia purifica a los niños y a las plantas, porque el cantador o *marakame* los pone bajo la protección de los ancestros y de Tatei Aramara, Madre del Mar.

El primer día el chamán canta a los niños las historias de cómo se obtuvo el maíz; cómo brotaron las primeras mazorcas de las astas de los venados y cómo esas mazorcas ahora son las plumas que usan en sus plegarias.

Los niños llevan la cara pintada con *urra,* una raíz que viene desde *Viricuta* y pinta de amarillo: las curvas representan la lluvia; los puntitos entre las curvas son las mazorcas de maíz; las ruedas son los *peyotes* o *jícuris*; las serpientes enroscadas son la lluvia también; las líneas torcidas son las guías de calabaza.

Todos los niños, o sus padres, llevan sonajas y *jícaras,* estas últimas con adornos de chaquira pegados con cera, que representan al maíz. Dicen los huicholes que los dioses beben las plegarias de las jícaras sagradas.

Los nombres para mujeres pueden ser, por ejemplo: *Kukima,* Maíz de mar*; Cikuaka,* Cuenta de semilla de calabaza*; Kupaima,* Cabello de maíz*; Kaiwama,* Remolino de agua*; Hamaima,* Agua azul verdosa, *Nautsikupuli,* Gota de ro-

Elote: *choclo, mazorca de maíz*

Marakame: *chamán y sacerdote*

Viricuta: *región sagrada*

Peyote: *cactus alucinógeno*

Jícara: *vasija*

cío; *Tsinima Noiya,* la que cuida la casa.

Si son hombres, pueden llamarse: *Ushaiúli,* El que lleva pintado el rostro; *Upame,* El disparador de flechas; *Niukame,* Caminante; *Tolasi,* Flor de campo.

En esta fiesta también se da la bienvenida al elote y a la calabaza, que acaban de ser cosechados. Nadie debe comerlos antes de que los bendigan en esta fiesta. Ya benditos y cocidos, se los dan primero a los niños y luego a los adultos.

Después, se lleva una ofrenda a los ancestros para que coman y para que oigan las plegarias de los hombres. Se ofrendan sangre de animal, elotitos, *tejuino, tamales* chiquitos, tortillas, chocolate y otras cosas que comen los ancestros. Se ofrecen jícaras, ojos de Dios, plumas, velas y sonajas.

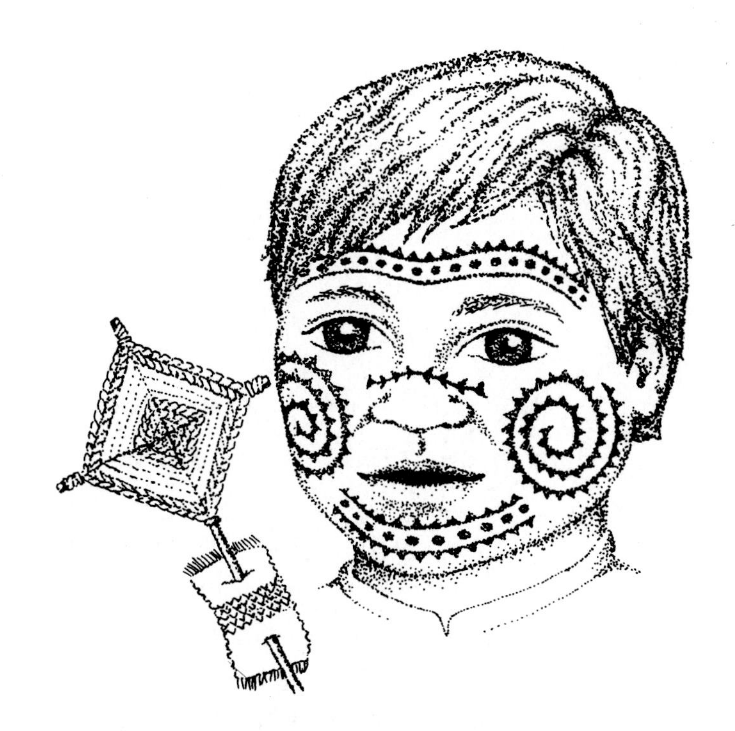

***Tejuino:** bebida alcohólica hecha de maíz*

***Tamal:** pan de maíz y carne*

También se lleva como ofrenda a la Madre Agua el pelo de los niños, que solamente les puede cortar su abuelo durante los primeros cinco años.

Es obligación de los padres hacer esta fiesta cada año. Cada niño participa en ella cinco veces. Sólo entonces los niños son puros y reciben su nombre en huichol, además del nombre en español que recibieron cuando los apuntaron en la Presidencia.

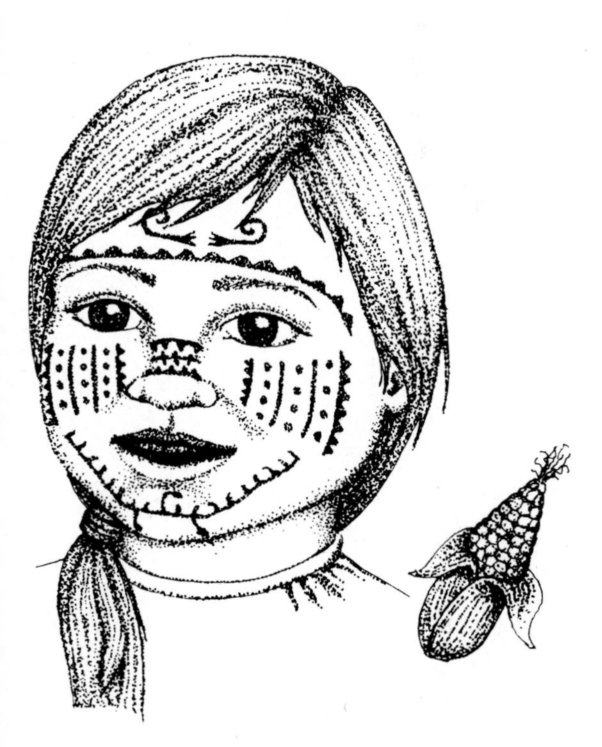

El coyote va a la fiesta

El coyote fue a la fiesta de Chihuitán el cuarto viernes de Cuaresma. La plaza estaba llena de cosas qué comprar y todos los *romeros* del Istmo de Tehuantepec habían venido a traer mercancía y comprar dulces, juguetes y recuerdos del santuario. También el coyote fue a pasear y a traer cosas para sus hijos. Compró pan, plátanos oreados y dulce de coyolitos para regalar a sus crías. Los metió en su red y ya iba de regreso. En el camino, el conejo lo estaba espiando. Él no tenía dinero, no llevaba nada para sus conejitos, y pensó cómo quitarle su carga al coyote. Allí estaba maliciando cuando vio un zapato.

Romeros: *danzantes*

Lo recogió y se adelantó rápido, fue a tirar el zapato por donde iba a pasar el coyote.

Cuando lo vio, el coyote dijo:

–Qué buen zapato, lástima que sea solo. Está nuevecito, pero le hace falta el par. Pobre del que lo perdió, de nada le sirvió comprarlos.

Se alejó. El conejo recogió el zapato, tomó un atajo y cortando camino por el monte lo fue a aventar más adelante.

Al ver el otro zapato, el coyote dijo:

–Si me apuro a traer el de atrás, completo el par.

Para ir más ligero, escondió su carga entre las matas y desandó sus pasos. ¡Eso era lo que quería el conejo!

El coyote se regresó busca y busca. ¡Cuándo lo iba a encontrar, si era el mismo!

Mientras el coyote buscaba, el conejo le robó su bulto y se lo llevó a sus hijos. Ya se saboreaban los coyolitos mientras el coyote seguía busque y busque:

–Por aquí era, por aquí lo vi, seguro...

Las casas de los esquimales

Los esquimales viven en el Ártico, una de las regiones más frías de la Tierra. Durante el invierno, que dura nueve meses, las temperaturas están siempre por debajo de cero grados. Para sobrevivir en ese clima es necesario construir casas muy cálidas en las que las personas se puedan proteger del frío.

Para que las casas no dejen entrar el frío durante el invierno es

necesario que estén aisladas del viento. Los esquimales las construyen parcialmente bajo tierra para que estén mejor protegidas. Las paredes son de madera y están cubiertas de tierra y nieve. Aun con estas protecciones el frío podría entrar cada vez que alguien abriera la puerta para entrar a la casa. Por eso, a las casas esquimales se entra por un túnel muy largo que está construido debajo del nivel de la casa, para no dejar escapar el aire caliente del interior. El

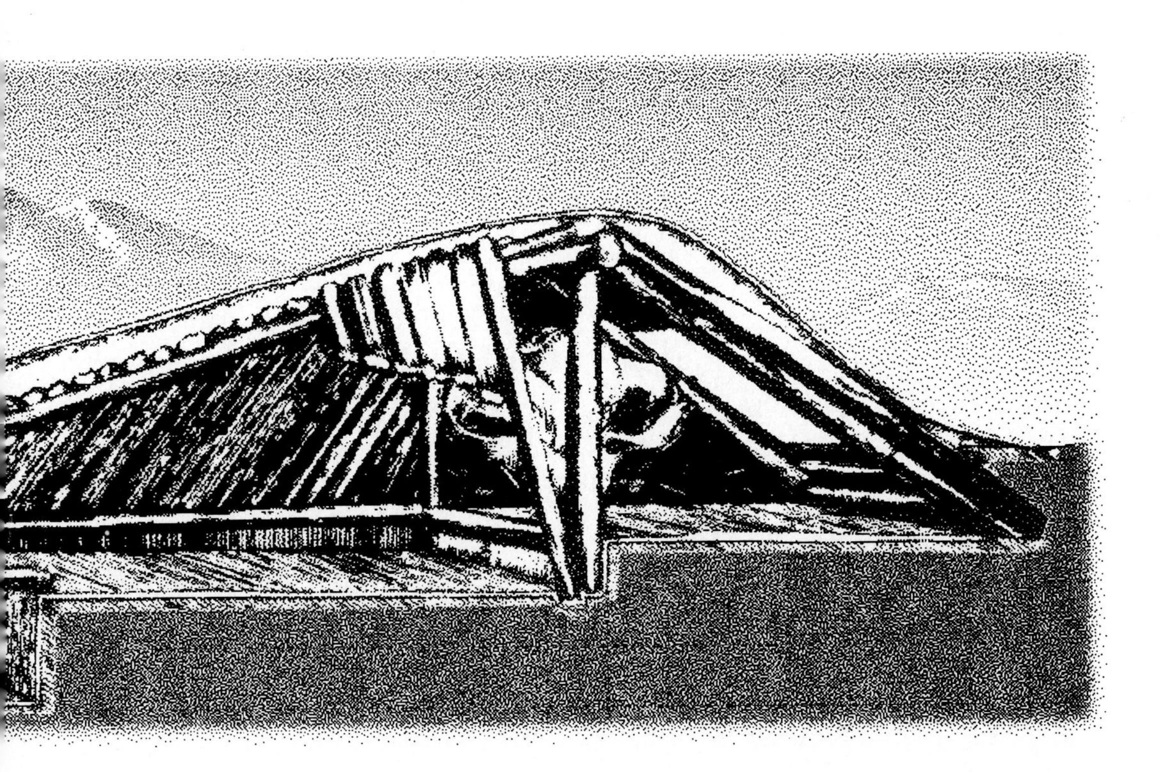

espacio del túnel se aprovecha para almacenar carne congelada y utensilios de cacería.

Dentro de la casa, el calor se mantiene quemando aceite de foca y de ballena. Este aceite se quema en lámparas que además ayudan a iluminar y sirven para cocinar. Por eso en las casas esquimales reina una temperatura agradable y la gente puede andar casi desnuda. Las pesadas ropas de invierno quedan guardadas en el túnel. Toda la familia vive en un solo cuarto y duerme junta, en una plataforma cubierta de pieles de caribú y otros animales.

Dentro de la casa, las mujeres se dedican a cocinar y a coser, mientras los hombres preparan sus utensilios para cazar y pescar focas y ballenas.

Sin embargo, durante el invierno es frecuente que los alimentos escaseen, y los hombres deben viajar para perseguir a las focas, caribúes y otros animales que sirven de alimento a los esquimales. Cuando las expediciones de caza duran muchos días, es necesario construir casas temporales. Como es imposible cargar la madera de las casas permanentes, los refugios temporales deben construirse con un material que se encuentre en todos lados sin dificultad. Por eso se hacen con nieve. Estas casas de nieve son muy famosas y todos conocemos su nombre: iglús.

Un iglú se construye de una manera muy parecida a una casa de madera. Primero hay que cavar una fosa en el piso. La fosa se cubre con bloques de nieve que se apilan como ladrillos hasta formar una cúpula, que se cierra con un último bloque. La nieve es muy dura, pues está congelada, y protege del frío tan bien como la madera. Por eso, aunque el iglú esté hecho de nieve, en su interior hace calor. La luz entra por un bloque de nieve especial, mucho más delgado que los demás y transparente como un vidrio. En estas casas hasta la plataforma para dormir está hecha de nieve.

Cuando llega el verano la temperatura se eleva y la nieve se derrite. En esos meses cálidos los esquimales no necesitan casas tan abrigadoras y prefieren vivir en tiendas hechas de piel, muy parecidas a los tipis de los indios de las praderas, que pueden armar y desarmar en muy poco tiempo, mientras siguen a los animales que cazan.

Cómo Sur se robó a la hija de Norte

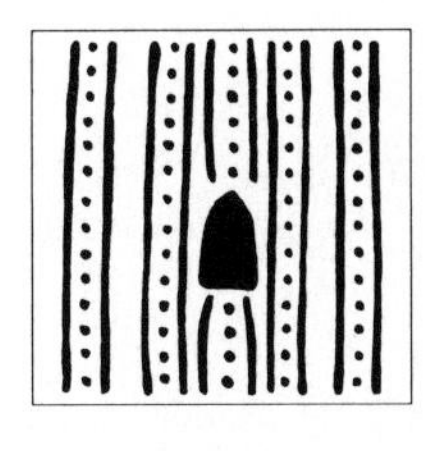

Los onas vivían en el extremo sur del continente americano. La tierra de los onas, la Isla del Fuego, está separada del continente por un estrecho de mar que nosotros conocemos como el Estrecho de Magallanes. En esas latitudes, mientras más al Sur se vaya, hace más frío y la vida es más difícil, pues hay menos plantas qué recoger y menos animales qué cazar. Hacia el Norte, en cambio, el clima es más cálido y se encuentran más alimentos. Los onas decían que ellos eran la gente del Sur, mientras que los demás hombres eran los pueblos del Norte.

Ésta es la historia de cómo Sur robó a la hija de Norte para casarse con ella.

Norte era un hombre muy poderoso y muy temible que no dejaba que nadie se acercara a su hija para casarse con ella. Varios hombres valientes lo habían intentado pero Norte los había derrotado, poniendo todo tipo de obstáculos en su camino.

Cuando le contaron de las dificultades, Sur decidió que él quería casarse con la hija de Norte y que haría todo lo que pudiera para vencerlo. Para llegar hasta la casa de Norte organizó una expedición con los hombres más fuertes. Partieron con mucho ánimo hacia su objetivo. Pero Norte vivía muy lejos, y Sur y sus hombres pasaron muchos días en el camino. Con el tiempo se quedaron sin carne seca para comer, sus sandalias se gastaron y tuvieron que seguir caminando descalzos. Sus abrigos de pieles quedaron hechos jirones. Todos estaban agotados y apenas podían avanzar.

Sur tuvo que aceptar su derrota y regresar a su casa. Pero no había dejado de querer a la hija de Nor-

te. Por eso, en cuanto sus hombres descansaron, organizó una nueva expedición.

–Tenemos que llegar a casa de Norte a toda costa –dijo Sur antes de partir.

Todos los hombres iban decididos a llegar y en esta ocasión nada los detuvo, ni siquiera los obstáculos que su enemigo les había puesto. Cuando se acercaron a su destino, el clima se hizo cálido y suave. El Sol brillaba, como suele brillar en las tierras de Norte.

Al ver que se aproximaban, Norte desencadenó su poderío y los atacó con lluvias y niebla que no dejaban ver el camino. Pero la lluvia no logró detener a los hombres de Sur, que estaban acostumbrados al mal clima.

Como no pudo detenerlos, Norte tuvo que recibir a los extranjeros. Organizó un gran torneo para que los hombres de Sur y los hombres de Norte pelearan unos contra otros. Los sureños eran buenos para la lucha, pero los del norte eran aún mejores y los derribaron uno a uno.

Entonces Sur en persona intervino y él solo venció a cada uno de los luchadores de Norte. Finalmente llegó el turno de que Sur y Norte pelearan en persona. Los dos eran muy fuertes, pero Sur hizo su mejor esfuerzo y logró derribar a Norte.

Ahora Sur quería conseguir a la hija de su enemigo. Como estaba encerrada en su cabaña, a la que nadie podía entrar, Sur decidió que se llevaría la cabaña completa. Con toda su fuerza abrazó la cabaña y la levantó. La cargó sobre sus hombros y salió huyendo hacia su casa, acompañado por sus hombres.

Norte estaba furioso. El extranjero lo había vencido en las luchas y ahora le había robado a su hija. Rápidamente organizó a sus hombres y salió a perseguirlo.

Sur sabía que su enemigo lo perseguiría y para detenerlo desencadenó una terrible tormenta, con rayos, lluvia y granizo, como las tormentas que hay en sus tierras. Después condujo a sus hombres a una montaña, donde Norte nunca podría alcanzarlos.

Pero Norte estaba tan enojado que no tuvo miedo al clima y siguió persiguiendo a Sur hasta la montaña. Para que no pudiera escapar, le envió una lluvia torrencial.

Llovió tanto que la tierra se hizo resbalosa y nadie podía escalar la empinada ladera del monte.

Guanacos: *mamíferos de gran tamaño, parientes de las llamas y los camellos*

Los hombres de Sur y los hombres de Norte, que los perseguían, se resbalaban y rodaban hasta el pie de la montaña.

Finalmente, los dos grupos se detuvieron a descansar de sus esfuerzos. Como tenían hambre, decidieron salir a cazar *guanacos.* Pero los sureños, que eran mejores cazadores, engañaron a los hombres del norte. Enrollaron dos pieles de guanaco e hicieron que dispararan todas sus flechas contra ellas. Después se quitaron sus disfraces y se burlaron de sus enemigos, que habían disparado en balde.

De nada sirvió, los hombres de Norte no dejaron de perseguirlos.

Sur se había guardado su arma más poderosa. Cuando vio que Norte seguía tras él, llamó a su padre, el viejo Sur, llamado Takelas, para que mandara el peor clima. Takelas reunió todas sus fuerzas y mandó a su ejército, los Xosé, la nieve que viene con el

viento del Sur. Los Xosé desencadenaron una tormenta de nieve tan terrible que los hombres de Norte tuvieron que regresar huyendo a su casa. Nunca habían pasado tanto frío.

Así fue como Sur se quedó con la hija de Norte. Desde entonces vive con él en la Tierra del Fuego. Pero su padre no ha olvidado el agravio de su enemigo y aún sueña con rescatarla. Por eso, de vez en cuando, Sur manda a los Xosé al Norte, para que los hombres de esa región recuerden el frío que pasaron y tengan miedo de venir al Sur.

Los onas sabían que la tierra en que vivían era inhóspita, pero ellos eran suficientemente fuertes para poder sobrevivir y prosperar en ella. Por eso Sur y sus hombres habían derrotado a la gente de Norte.

Lakuta le kipa, la última mujer yagán

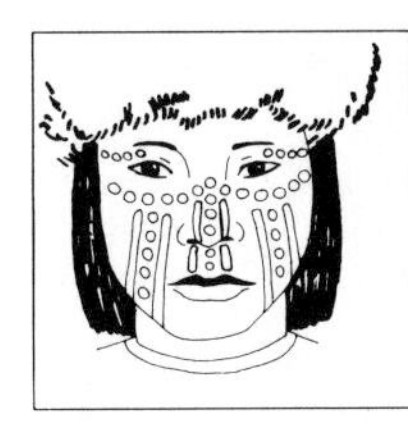

Me llamo Lakuta le kipa. *Lakuta* es el nombre de un pájaro y *kipa* quiere decir mujer. Cada yagán lleva el nombre del lugar donde nace, y mi madre me trajo al mundo en la bahía Lakuta. Por eso me pusieron por nombre Mujer Lakuta. Así es nuestra raza, somos nombrados según la tierra que nos recibe. Pero ahora todos me conocen como Rosa, porque así me bautizaron los misioneros ingleses, que vinieron a enseñar su religión a nuestra tierra.

Soy la última de la raza de Wollaston. Los wollaston eran una de las cinco tribus yaganas. Cada una de esas tribus vivía en distinta parte en las islas al sur de la Tierra del Fuego, pero todos éramos dueños de la misma palabra, todos hablábamos la misma lengua. Ahora han muerto todos y sólo quedo yo, que ya estoy vieja.

No sé cuándo nací. Cuando era pequeña vivía con mi papá y mi mamá. Los acompañaba a pescar y a matar nutrias. Mi papá tenía una canoa grande, hecha de un tronco escarbado con hacha y una tabla encima, para que no entrara el agua. Ni un poco se filtraba, pero ¡cómo se movía! Las *guaguas* íbamos en la parte de atrás, envueltas con ropas que nos daban en la misión. No nos podíamos mover.

***Guagua:** bebé*

–Que no se levanten los chicos a mirar el fondo del mar. Porque puede venir una cosa mala –decía mi padre.

Por eso nos quedábamos quietos y no podíamos jugar. Siempre había fuego en la canoa para calentarnos. Lo prendían sobre arena y yerbas y el calor se sentía de proa a popa. Pero yo pasaba mucho frío. Mi mamá remaba y mandaba a bordo.

Nadie sabía nadar, porque ya se estaban perdiendo las costumbres de los antiguos. Por eso, cuando se hundía una canoa ¡al fondo se iban todos! Nunca salíamos cuando había marejada, pero a veces nos pillaba el mal tiempo en medio del canal y yo me asustaba mucho.

Ákar: casas hechas con pieles

En tierra siempre encontrábamos un lugar para acampar y ahí armábamos nuestro *ákar*. Sólo teníamos que levantar las varas de la tienda, que eran largas y se juntaban en la parte de arriba, y luego taparlas con las telas que nos daban en la misión. Adentro prendíamos un fuego y nos quedábamos comiendo mariscos. A la hora de dormir nos tapábamos y sentíamos un lindo calorcito que desparramaba la fogata por todo el ákar.

Políticos: cuidadosos

Así íbamos de una isla a otra, buscando en la naturaleza lo que podíamos comer. Por eso éramos más sanos que los hombres de hoy, que son tan *políticos* para comer. No éramos nada tontos. Ni hablar de lo rico que es el lobo de mar chiquitito, bien asado y con sal y otros condimentos. El aceite de lobo también es muy bueno. Si se toma frío engorda mucho y ayuda a mantener el calor. Los pájaros de la playa son muy sabrosos de comer.

A mí me encantaba el challe y una vez me enfermé de tanto comer. Amanecí con tremendo dolor de cabeza y mi madrina tuvo que sanarme. Agarró una rama de chaura y la puso sobre mi cabeza, haciendo *"juuuuuummm"* con la boca hasta que la enfermedad pasó.

A veces iba con mi madrina y mi mamá a cazar pájaros cuando estaba oscuro. Nos subíamos a la canoa y nos acercábamos sin hacer ruido a las barrancas donde vivían. Las dos levantaban sus palos con fuego para encandilarlos. Caían varios dentro de la canoa y ahí mismo los matábamos.

En el tiempo del verano siempre había huevos. Comíamos tantos que nos quedábamos dormidos de llenos.

Después de comer, esperábamos que el mar se calmara y partíamos otra vez. Así era nuestra costumbre, como los gitanos. Y hasta hoy me gusta andar en canoa de un lado a otro, porque así es la naturaleza de mi raza.

Cuando apenas caminaba me quisieron llevar a la escuela de los ingleses, en la misión de Tekenica. Ahí llevaban a todos los chicos aunque tuvieran padre y madre, para que aprendieran. Mi mamá me contaba que a las mujeres les enseñaban a hilar y a tejer, y que cuando hacían mal su trabajo, las hacían sacar los puntos para que aprendieran bien. Pero cuando llegó mi tiempo de estudiar, ya no había escuela ni enseñaban a tejer porque no hacía falta. Los niños y los chiquillos que iban a la escuela empezaron a morir de golpe, casi al mismo tiempo, como si los estuvieran envenenando. Era alguna enfermedad que los atacaba, tal como ahora llega alguna tos mala y agarra a muchos; sólo que entonces no había doctor ni vacunas.

Por eso no fui a la escuela.

En esa época ya andábamos todos vestidos con la ropa que nos daban los misioneros, ya teníamos todos zapatos. Los antiguos no eran así, ellos andaban *pelados*. Sólo se ponían un cuero muy pequeño de nutria o de foca sobre la espalda. Por eso eran más sanos, no sentían frío ni siquiera cuando había nieve. Nosotros, en cambio, usamos tanto trapo y nos morimos más que antes.

Pelados: *desnudos*

Antes, en el invierno, cuando caía mucha nieve, las mujeres se divertían haciendo bolas con las manos y correteándose. También inflaban el estómago de un animal y lo tiraban de un lado a otro como pelota. Era muy entretenido, decía mi madre. Pero yo no alcancé a jugar así, porque ya no había niños que jugaran conmigo. Ya nos estábamos acabando.

Cuando había mal tiempo, los ancianos se juntaban en el ákar y contaban sus historias junto al fuego. Ellos me contaron que el arco iris que está en el cielo se llama Watauineiwa. A él le piden favores los hechiceros yaganes y también todos los que necesitan algo, porque Watauineiwa no castiga, sólo ayuda. Si uno mira al cielo cuando sale el arco iris, puede ver uno pequeño junto al más grande. El pequeño se llama Akainij y es hijo del otro. Los dos son lo mismo.

Cuando hay tempestad se le pide que venga la calma. Si hay un niño huérfano, sin padre y sin madre, las personas que lo cuidan lo llevan ante Watauineiwa y Akainij para que hable y les pida:

"Yo estoy solo, no tengo padre, no tengo madre, no tengo hermano", les dice el niño huérfano.

Watauineiwa lo ayuda. Al otro día amanece en calma para mariscar. Se puede salir en la canoa y no falta alimento. Es como si el niño hubiera pedido perdón para que todo esté bien en la tierra y termine el mal clima.

Cuando había mal clima los hechiceros también salían de su ákar para rogar que mejorara el tiempo.

A los yaganes les dijeron que Watauineiwa es como el padre de Jesucristo y Akainij, su hijo. Así me contaron. Rezarle al arco iris es rezarle a Jesucristo.

"Matahuakaiaká , ayúdanos", le decían.

Hoy día ya nadie cree en nada. A veces me pregunto cómo los antiguos sabían tanto, porque andaban pelados y no iban a la escuela. Pero aprendían porque hablaban con Watauineiwa.

Tiempo después nos fuimos a vivir a la misión, en el pueblo de Douglas, con los ingleses. Ya no anduvimos más por ahí, mariscando y pescando. Los ingleses nos daban casas para vivir, pero las viejas no se acostumbraban. Querían su ákar, les gustaba vivir según la naturaleza de la raza.

Todas las mañanas tocaban la campana para avisar la hora de ir a la iglesia. Chicos y viejos teníamos que ir durante la semana y también el domingo. Los que sabían leer inglés rezaban con un librito. Una veterana estaba enojada todo el tiempo.

–¡Clavaron a Jesucristo! –decía indignada.

Los sábados nos repartían víveres. No nos faltaba la carne porque

ya había muchas vacas en Navarino. También abundaban los guanacos. Su carne es rica y su grasa es buena para hacer sopaipillas.

Los hombres iban al monte a trabajar la leña y las viejitas los mandaban a mariscar. Míster Williams, el misionero, les pedía erizos, cholgas, centollas y a cambio les entregaba alimentos. Mis paisanos partían con sus canoas de tronco o sus chitas para agarrar a los animales del mar. Eran muy inteligentes, podían fabricarse todo lo que necesitaban para vivir.

De vez en cuando llegaba un barco desde Inglaterra, con regalos para los yaganes. En Navidad nos tenían que dar ropas y frazadas. Eran muy lindas las que yo tenía.

Llevábamos poco tiempo en Douglas cuando mi padre murió ahogado. Fue por el licor que habían importado unos rancheros. Una paisana robó unas botellas y partieron hacia Douglas con una canoa. Iban mi abuelo, mi padre, otro hombre, la ladrona y Keity, una bonita mujer yagana. Mi padre estaba tan enamorado de ella que iba a dejar a mi madre para irse con ella, pero el otro hombre también la quería. Les faltaba muy poco para llegar a Douglas, estaban ya cerca de la orilla cuando empezaron a pelear mi padre y ese hombre y la canoa se volteó. Mi abuelo y mi padre murieron ahogados por tomar esa *grapa*. Pobres.

Grapa: *bebida alcohólica de uva*

Todos fuimos a verlos. Estaban tirados en la playa. Lloré cuando vi a mi padre y ahí me quede sentada a su lado, llorando y mirando. De Mejillones y otros lados empezó a llegar la familia. Eran muchos. Tenían que hacer su duelo yagán.

Palabras de un padre a su hija

Cuando nacía una niña entre los antiguos nahuas, su padre le dirigía estas palabras para recibirla en el mundo. Se llamaban huehuetlatolli, *"palabras de los viejos", porque por incontables generaciones los padres las habían dicho a sus hijos:*

Aquí estás, mi hijita, hermosa como collar de piedras finas, como plumaje de colores. Eres mi obra humana, nacida de mí. Tú eres mi sangre, mi color, en ti está mi imagen. Vives, has nacido, te ha enviado a la tierra el Hacedor de la Gente. Ahora, escucha estas palabras:

Mi muchachita: he aquí a tu madre, tu señora. De su vientre naciste, de su seno te desprendiste, brotaste. Como si fueras una yerbita, una plantita, así brotaste. Como si hubieras estado dormida y hubieras despertado.

Ahora que ya puedes ver por ti misma, date cuenta. Aquí sobre la Tierra no hay alegría, no hay felicidad. Hay angustia, preocupación, cansancio. Por aquí surge, crece el sufrimiento. Así son las cosas en este mundo.

Dicen los viejos que para que no siempre andemos gimiendo, para que no estemos llenos de tristeza, Nuestro Señor nos dio a los hombres la risa, el sueño, los alimentos, que son nuestra fuerza, y también el amor, por el cual sembramos gente.

Todo esto embriaga la vida en la Tierra, de modo que no andemos siempre gimiendo.

Hija mía, mira, escucha. Así es en la tierra. No seas vana, no andes como quiera, no andes sin rumbo. ¿Cómo vivirás? ¿Cómo seguirás aquí por el poco tiempo que te sea dado?

Durante la noche debes estar vigilante. En la mañana levántate de prisa, extiende tus manos, extiende tus brazos, aderézate la cara, aséate las manos, lávate la boca, toma la escoba, ponte a barrer. No te estés dando gusto, no te pongas nomás a calentar junto al fogón. Lava la boca a los otros, quema incienso para Nuestro Señor, porque así se obtiene su misericordia.

Y hecho esto, cuando ya estés lista, ¿qué harás? ¿Cómo cumplirás tus deberes femeninos? ¿Acaso no prepararás la bebida, la molienda? ¿No tomarás el huso, la cuchilla del telar? Mira bien cómo quedan la bebida y la comida, cómo se hacen, cómo quedan buenas, adiéstrate también en el huso, en la cuchilla del telar.

Después de hablar así a su hija recién nacida, el padre tomaba su cordón umbilical y lo ataba alrededor de un huso de madera pequeño, que enterraba bajo el suelo de la habitación, cerca del hogar. Así garantizaba que la muchacha no se alejaría de la casa y que se dedicaría a las labores que le había señalado.

El Calmécac

Quetzalcóatl: *Dios del amanecer, del viento y de la sabiduría*

A todos los niños mexicas les llegaba la hora de llenarse de obligaciones y su vida hogareña era interrumpida por un nuevo compromiso: la escuela. Los hijos de campesinos y artesanos asistían al colegio de su barrio, donde se les preparaba para ser guerreros. Las familias de la nobleza, en cambio, mandaban a sus hijos al Calmécac, centro dedicado a la enseñanza de los futuros gobernantes.

El día en que debía ingresar a la escuela, el chico era llevado hasta el Calmécac. Sus padres lo acompañaban. Traían consigo los objetos necesarios para la ceremonia de iniciación: papeles de colores, copal, taparrabos, mantas, plumas verdes y collares de oro. Dentro de la capilla vestían al niño con ropas de gala. Posteriormente cubrían su cuerpo y rostro con tinta negra. De inmediato le colocaban un collar y perforaban sus diminutas orejas. La sangre que brotaba de las heridas era arrojada sobre la imagen de *Quetzalcóatl*. De aquí en adelante el chico debía acostumbrarse a soportar el dolor de herir su cuerpo.

Por último, el pequeño sacerdote escuchaba con cuidado los consejos de su padre sobre el cumplimiento de sus obligaciones:

–Sabemos que naciste de tu venerable madre y de mí, pero debes honrar y obedecer a tus maestros como a tus verdaderos padres. Ellos tienen la autoridad para castigarte pues son quienes te abrirán los ojos y te destaparán los oídos para que aprendas a ver y a escuchar. Hoy nos separamos de ti y nos sentimos tristes. Pero tenemos que presentarte al templo al que te ofrecimos cuando aún eras una criaturita y tu madre te hacía crecer con su leche. Ella te cuidó cuando dormías y te limpió cuando te ensuciaste; por ti padeció cansancio y sueño. Ahora ya estás grandecito; es el momento de ir al Calmécac, lugar de llanto y pena donde completarás tu destino. Pon mucha atención hijo mío muy amado: en vano tendrás apego a

las cosas de tu casa. Tu nuevo hogar y tu nueva familia están aquí en el templo del señor Quetzalcóatl. Olvida que naciste en un lugar de abundancia y felicidad.

Dicho esto, los padres daban la media vuelta y salían sin volver la vista. Sabían que ni esa noche ni las siguientes su pequeño llegaría a dormir a casa; las reglas de la escuela establecían que todos los estudiantes debían pasar la noche dentro del santuario, sin más cobija que sus propias ropas.

Las faenas del Calmécac empezaban muy temprano. A las cuatro de la mañana los jóvenes se levantaban a barrer y limpiar los aposentos. Se decía que los sacerdotes imitaban al viento que barre el suelo para que caiga la lluvia. Si algún joven se quedaba dormido, se hacía merecedor de un castigo:

le arrojaban cubetadas de agua fría o lo golpeaban con ramas de ortiga.

Terminadas la labores de limpieza, y cuando el Sol estaba aún oculto, daban principio los trabajos en el campo. Los alumnos pasaban largas horas juntando leña, cuidando las *milpas,* levantando paredes, emparejando camellones y abriendo canales. El sudor y la fatiga encontraban alivio con la comida que otros compañeros llevaban hasta la milpa. Sin embargo, se consideraban graves pecados la glotonería y la avaricia; las reglas obligaban a comer poco y a compartir todos los alimentos, incluyendo aquellos obsequiados por los familiares.

***Milpa:** campo de cultivo*

***Copal:** resina perfumada que se quema*

El crepúsculo de la tarde anunciaba la vuelta al recinto. Una vez en él aprendían a tocar instrumentos musicales: flautas de barro, caracoles y tambores. También estudiaban los códices, pues era deber de todo alumno el conocimiento de los secretos que las viejas pinturas encerraban.

Algunas noches se dedicaban a la penitencia. El rito daba principio con un baño purificador en agua fría. Cerca de la medianoche comenzaba la caminata. Cada sacerdote elegía un sendero solitario. Llevaba un caracol que iba tocando, una bolsa con *copal* y puntas de maguey. Los mayores avanzaban hasta los montes o los ríos; los pequeños no llegaban muy lejos; todos hacían su mejor esfuerzo. Una vez en el lugar elegido, el penitente se desnudaba, metía las espinas de maguey en una pelotilla de heno e iba clavándoselas, una a una, en diferentes partes del cuerpo. Hería de esta manera muslos, brazos y lengua para ofrendar su dolor y su sangre. Concluido el ritual se escuchaban los caracoles que anunciaban el retorno de los jóvenes al Calmécac.

La liebre hizo que la Tierra tuviera luz

Los viejos esquimales cuentan que en los primeros tiempos no había luz en la Tierra. Todo estaba a oscuras, los animales no podían verse, tampoco se podía mirar el paisaje. Los animales ya vivían aquí, los hombres también. Entre unos y otros no había diferencia y vivían juntos. Cualquier persona podía convertirse en animal; cualquier animal podía transformarse en hombre: lobos, osos y zorras, al volverse gente, eran iguales. Tenían diferentes costumbres, pero hablaban el mismo lenguaje.

Fue entonces cuando aparecieron las palabras mágicas. Cualquier palabra era poderosa. Bastaba decir lo que se quería, para que sucediera. No se sabe cómo, pero así era.

Fue entonces cuando el zorro dijo:

–*Tac-tac*... oscuridad, oscuridad.

En la oscuridad podría robar sus presas a los demás sin que lo descubrieran.

Pero afortunadamente no estaba solo.

–*Ubleg-ubleg*... día, día –gritó la liebre, que quería luz para encontrar hierba.

Y el mundo fue según lo nombró la liebre, pues sus palabras eran más poderosas. Vino el día y reemplazó a la noche. Pero luego volvió la noche, porque el zorro también había hablado y sus palabras tenían poder. Desde entonces, aparecen en turnos, una después del otro.

Los niños ociosos

Sucedió una vez, hace años y años. Una viuda tenía tres hijos y cuando llegó el tiempo en que había que *barbechar* la *chacra* les ordenó:

Barbechar: *preparar la tierra para sembrar*

Chacra: *campo de cultivo*

–Vayan a disponer la tierra –y les dio alimento para cuando tuvieran hambre.

Los niños llegaron a la chacra, pero en lugar de trabajar pasaron el día jugando.

Cuando regresaron a su casa, mintieron a su madre:

–Hemos terminado el trabajo.

Pasados algunos días, la viuda les dijo:

–De seguro el barbecho está lleno de terrones. Así que también hay que hacer ese trabajo: vayan a desterronar.

Los niños fueron a la chacra, pero en vez de romper los terrones, de nuevo pasaron el día jugando. Sólo detuvieron su diversión para comer lo que su madre les había preparado. Al atardecer regresaron a su casa.

–Toda la chacra está desterronada –volvieron a mentir a su madre.

Al llegar la época de la siembra, la viuda dijo:

–Ahora vayan a sembrar la papa –y les dio las papas que debían plantar y su fiambre para almorzar.

En la chacra, los muchachos no sólo se pusieron a jugar como era su costumbre, sino que asaron parte de las papas que debían sembrar e hicieron *watía.* El resto de las papas las aventaron como piedras con su honda.

–Todas las papas han quedado sembradas –le volvieron a mentir a su madre, mientras cenaban.

Pasó el tiempo; la viuda imaginaba que la papa ya estaría crecida. "Las plantas deben estar necesitando que se les ponga más tierra", pensó. "También habría que desyerbar".

Y envió a sus hijos a la chacra con esos encargos; pero ellos, en lugar de aporcar y desyerbar, pasaron el día mirando otras chacras. Por supuesto, comieron y jugaron. Al atardecer, estos niños ociosos entraron en una chacra ajena y robaron algunas papas.

–Te las hemos traído para que veas lo bien que está nuestra chacra –dijeron a su madre al mostrarle las papas robadas.

La mujer estaba contenta, besó las papas y sirvió la cena a sus hijos.

Unas semanas después, les dijo:

–Ya casi no tenemos qué comer. Quisiera ir yo misma a sacar un poco de papa nueva, pero no sabría cómo distinguir nuestra chacra.

–Es fácil, mamá –le dijeron–. Es la mejor de todas.

Engañada de esa manera, la mujer llegó a los sembradíos, miró las chacras y escogió la mejor. Y se puso a escarbar... Había ya cosechado un montón de papas cuando apareció un hombre y empezó a darle empellones.

–¿Con qué derecho escarbas en mi chacra? –decía el hombre.

–Estás equivocado: ésta es la chacra que han sembrado mis hijos –respondió la viuda.

–Así que tú eres la madre de esos muchachos ociosos y ladrones –dijo el hombre–. Entérate de que tus hijos no han sembrado ni una papa. Cada vez que han venido aquí, no han hecho más que jugar y jugar.

La mujer regresó llorando a su casa. Estaba desesperada. Al ver a sus hijos los comenzó a castigar. Golpes iban, golpes venían. Les dio golpes tan fuertes que al hijo mayor le rompió una pierna, al mediano le hirió un ojo y al menor le arrancó los cabellos. Pero después, como sucede con todas las madres, les tuvo compasión. Quiso darles algo de comer, sólo que ya no le quedaban papas, y les tuvo que dar de comer pedazos de su propia carne.

Pero a los hijos no se les pasó el rencor y no se quedaron con ella. Se fueron de la casa y se convirtieron en elementos dañinos.

–Yo seré la granizada –dijo el mayor.

–Yo voy a ser la helada –dijo el mediano.

–Yo seré el viento –dijo el menor.

Y así ocurrió: iniciaron sus maldades sobre las chacras. Cayó una granizada desde el mediodía hasta la medianoche. Desde la medianoche hasta el amanecer cayó una helada terrible. Y pasado el amanecer, llegó el viento y sopló y sopló hasta que arrancó todo. Así en las chacras no quedó ni una sola papa y todo el pueblo pasó un hambre terrible.

Los quechuas saben que ése fue el origen de los enemigos de los sembradíos. Por eso dicen que la granizada es el hijo cojo que pisotea la tierra sin respetar nada; la helada es el hijo tuerto que cae donde sea, sin ver bien, hasta en lugares donde no hay sembradíos; el viento es el hijo menor, que sopla dondequiera sin temor a que se le enreden los cabellos, pues su madre se los arrancó.

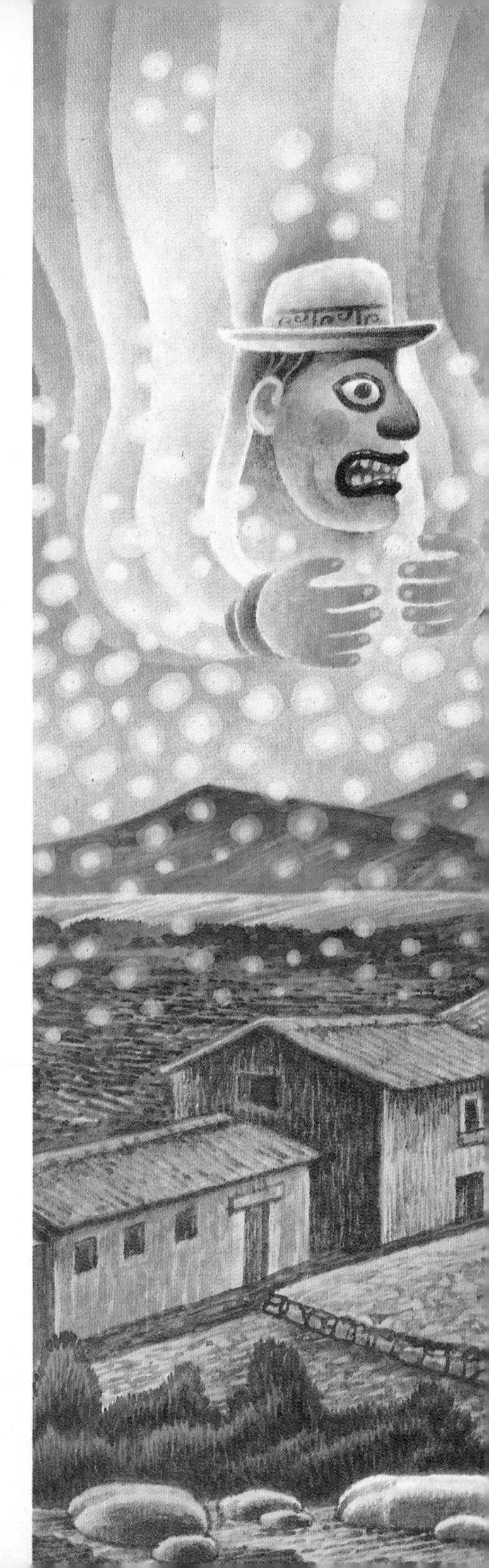

Los acertijos de la anciana Lechuza Blanca

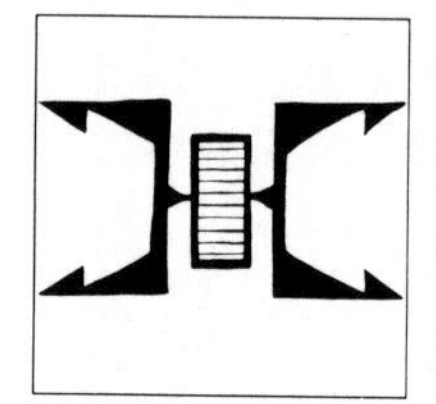

Entre los indios las batallas no siempre se libraban con armas. Muchas veces las peleas eran de ingenio: debían resolverse adivinanzas para saber quién era el más fuerte. El vencido se retiraba y entregaba al más ingenioso el territorio o su misma vida.

Los arapaho cuentan que Encías Crudas era un niño que comía gente y tenía aterrorizados a los habitantes de una aldea. Enviaron a su encuentro a una vieja llamada Lechuza Blanca, a ver si podía vencerlo y librarse de él. La anciana y el niño hicieron una apuesta: si el niño podía adivinar los acertijos de Lechuza Blanca tendría derecho a quedarse con la aldea y sus habitantes; si fallaba, tendría que irse lejos. Éstas fueron las preguntas de la anciana:

–¿Dónde se abren dos caminos delante de ti, pero que no puedes ver?

–En la nariz.

–¿Cuál es la prenda más importante de todas?

–Los mocasines.

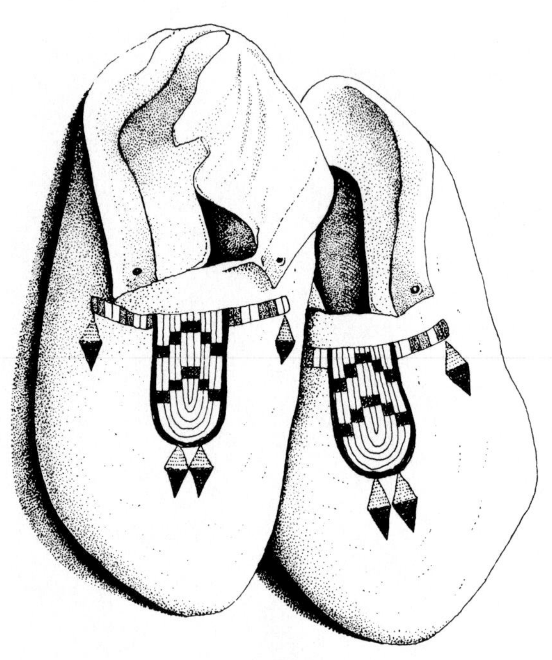

–¿Qué es lo que nunca se cansa de hacer señas a la gente para que se acerque?

–Son las banderolas que ondean sobre los *tipis*.

–¿Qué es lo que viaja más aprisa en el mundo?

–La mente, recorre ligera grandes distancias.

–¿Qué es lo que nunca se cansa de estar parado muy derecho, y siempre atento?

–Los pilares del tipi.

¿Cuál es el animal más inofensivo?

–La criatura más inofensiva es el conejo, su color es el de la pureza y la benevolencia.

–¿Cuál de nuestras dos manos es la más útil?

–La mano izquierda, porque es indefensa, pura y sagrada.

Encías Crudas adivinó todos los acertijos. Lechuza Blanca le dijo:

–Bien, hijo mío. Has contestado a mis preguntas. Este día es glorioso para ti.

Y a partir de entonces el muchacho quedó como dueño de ese territorio.

***Tipi:** casa*

Las casas en el Amazonas

Los ríos de la Amazonia están bordeados por una pared verde de inmensos árboles que no deja pasar ni a las miradas ni a las personas. Lo único que penetra esa pared son los claros que han abierto los indios para construir sus casas. Estas casas, conocidas como malocas, pueden tener hasta cuarenta metros de largo y doce metros de alto, como un edificio de cuatro pisos. El techo de dos aguas llega hasta el piso y está cubierto de hojas de palma, que no dejan pasar el agua de las torrenciales lluvias del trópico.En cada *maloca* vive un grupo de parientes, generalmente hermanos, con sus familias.

Los ríos son las carreteras de la región. Entre el río y la casa hay un camino que atraviesa campos cultivados de mandioca y plantas medicinales y la fachada de la maloca está pintada con imágenes de muchos colores.

El frente de la maloca es el lugar de los hombres y solo ellos pueden usar la puerta delantera. Los hombres suelen pasar su tiempo en el patio de enfrente, haciendo trabajos de cestería, cuidando las plantas o conversando y descansando. La puerta de los hombres da a la gran sala central de la maloca, siempre en penumbra, y mucho más fresca que el patio exterior, pues tiene ventanas. El piso es de tierra y en él hay bancas de madera, cajas y cestos. De los inmensos postes que sostienen el techo, cuelgan cajas con plumas, pipas y otros objetos mágicos muy valiosos. Bajo el piso de la sala están enterrados los antepasados, y donde el techo es más bajo, se encuentran las habitaciones de cada familia. Las habitaciones tienen su fogón y están separadas por paredes de palma.

El lugar de las mujeres es la cocina al fondo de la maloca, y tiene su puerta que da al patio trasero y que sólo ellas usan. Generalmente en la parte de atrás hay otro río. Al anochecer, antes de sentarse a comer, las mujeres salen a bañarse en su río, mientras los hombres van al suyo.

Todos los habitantes de la maloca comen la misma comida: pan de *cazabe*, carne y pescado. Es de muy mala educación preparar algo de comer y no invitar a los demás a compartirlo.

Cuando se hace de noche, los hombres prenden antorchas y se sientan a conversar en medio de la gran sala, sobre los bancos de madera. Las mujeres se sientan detrás de ellos, en lo oscuro, sobre esteras de paja. Los niños juegan en el piso.

Así se pasa la velada. Cuando alguien siente sueño se retira a su habitación y se tumba en su hamaca. Hay tres o cuatro hamacas en cada cuarto, todas colgadas arriba del fogón, para espantar el frío y los mosquitos.

Con el paso del tiempo el techo de la maloca se llena de agujeros y las vigas de madera se pudren. Entonces se debe construir una nueva casa. Ésta es una labor que requiere de un jefe que organice el trabajo de muchas personas. Primero hay que tumbar árboles y maleza para hacer un claro. Después se marcan las paredes de la casa con lianas y se cortan los inmensos troncos que servirán de postes. Para levantarlos firmemente se tienen que hacer agujeros muy profundos en el piso. Una vez que está listo el armazón de madera se colocan las hojas de palma para que cubran todo muy bien. Sólo entonces pueden mudarse las familias a su nueva maloca.

Cazabe: *pan de mandioca redondo y delgado*

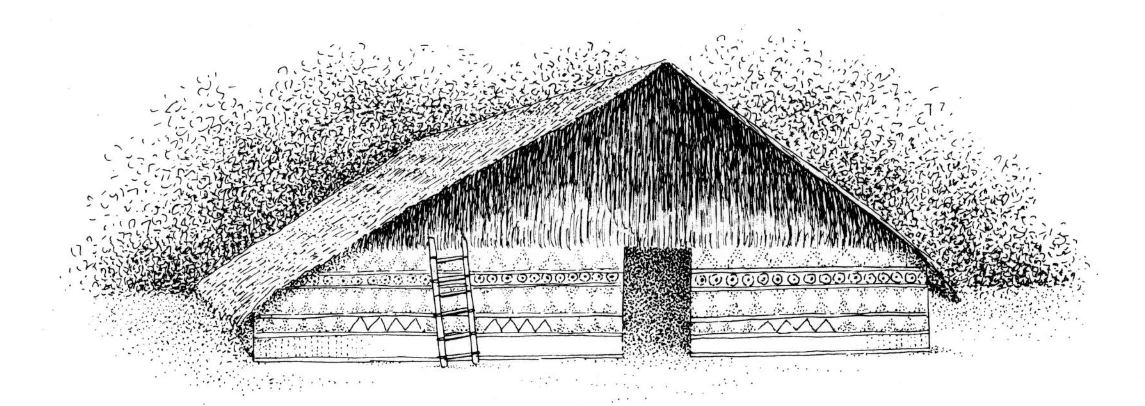

El mundo es como una maloca

Dicen los indios del Amazonas que el mundo es una gigantesca maloca. La puerta del frente, que sólo pueden usar los hombres, es el Este y por ahí sale el Sol. El cielo es el techo y el Sol lo recorre todos los días hasta ponerse en el Oeste, que es el lado de las mujeres. Las montañas que sostienen el cielo son como los postes de la casa que sostienen el techo. En el borde de la Tierra hay unas colinas que son como las paredes de la maloca.

Por eso, el lugar en que se sientan los hombres en la gran sala de sus malocas es el centro del mundo y ahí están enterrados sus antepasados.

Sobre la Tierra fluyen los ríos, que son inmensas serpientes. Van en dirección contraria al Sol, siempre de Oeste a Este. Cuando llegan al final del mundo, en el Este, los ríos se hunden bajo tierra y se juntan en el Río de los Muertos, que fluye de regreso al Oeste, donde el agua vuelve a salir a la tierra y forma de nuevo los ríos. De esa manera el agua nunca se acaba. Lo mismo sucede con el Sol. Cada noche, después de ocultarse en el Oeste, se sube a una canoa y remonta el Río de los Muertos hasta volver al Este, donde aparece de nuevo.

Mucera

Payé: *persona con poderes mágicos*

Los niños del Amazonas no reciben su nombre cuando nacen, sino hasta que comienzan a hablar y caminar, entre los dos y tres años de edad. La ceremonia en que se nombra a los niños se llama *Mucera*, que quiere decir "hecho el nombre, dado el nombre". Es una fiesta muy grande y una de las más bellas ceremonias de la región.

El día de la fiesta, todos los vecinos, parientes e invitados se reúnen desde el amanecer en la casa de los padres del niño que va a ser nombrado.

Todos llegan limpios y mojados del baño que se acaban de dar en el río. Los hombres se reúnen en la gran sala de la maloca y se sientan en unos largos bancos que se han colocado en cada costado, dejando el centro libre para los bailes. Las mujeres de la casa y las invitadas se quedan en la cocina, en la parte de atrás.

Mientras tanto, el *payé*, el padre del niño y el más anciano de los parientes están encerrados en un cuarto especial al fondo de la maloca. Cuando amanece los tres hombres prenden un gran cigarro. Lanzan el humo en todas direcciones y llaman por sus nombres a las madres de todas las cosas que viven en el cielo, en las aguas, en los bosques y sobre la Tierra. Las llaman para que escuchen el nombre que va a recibir el niño. Si lo conocen, entonces lo protegerán y lo acompañarán en su vida.

Esta ceremonia dura todo el día. Durante ese tiempo, los hombres beben un aguardiente llamado *caxiri*. Los niños, incluido el que va a ser nombrado, pasan el día jugando en el piso de la maloca.

Al anochecer, las mujeres y los niños se unen a los hombres y todos juntos vuelven a repetir los

nombres de cada una de las madres de las cosas.

Cuando está por meterse el Sol, el payé y los otros dos hombres salen del cuarto donde estaban encerrados y levantan en brazos al niño que va a ser nombrado. Después lo llevan fuera de la maloca y lo presentan al Sol para que reciba sus últimos rayos. Entonces el payé dice su nombre y todos lo repiten en voz alta.

A veces, el niño recibe el nombre de un antepasado famoso, un gran jefe o un payé muy sabio. En otras ocasiones, toma el nombre del objeto que tenía en sus manos cuando lo recogió el payé para presentarlo al Sol; también puede llamarse con una palabra que dijo, o un gesto que hizo, porque en ese momento es como si el mismo Sol le diera su nombre.

El armadillo y el zorro

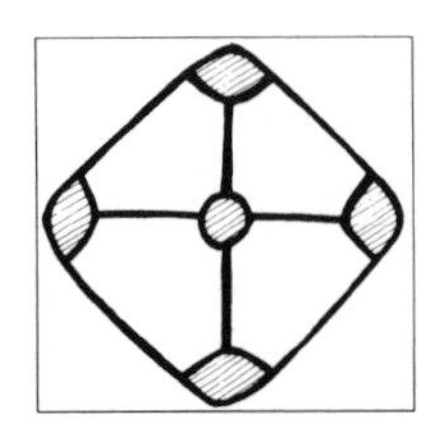

Este cuento es tan viejo que los mapuches que lo cuentan ya no saben cuándo sucedió.

En esa época tan remota los antepasados de los mapuches eran todavía pillanes, es decir, espíritus de la Gran Cordillera nevada. Cuando llegaba el invierno y el frío, el alimento escaseaba porque todo estaba cubierto de nieve.

Un invierno muy crudo, Nurru, el zorro colorado de la cordillera, vagaba de un lugar a otro. No encontraba nada qué comer, pero a él se lo comía un sabañón que se había metido debajo de su piel y no dejaba de morderlo. Día y noche comía la carne de las patas del pobre zorro. Daba lástima verlas hinchadas y lastimadas.

El pobre Nurru no sabía qué era peor, el hambre o las mordidas del sabañón. Estaba tan hambriento que se hubiera comido de un solo bocado a las estrellas de la constelación Chau Achawa, que eran una gallina con sus pollitos. Por suerte para ellas, estaban demasiado altas en el cielo y el zorro no las podía alcanzar.

Nurru no descansaba en su búsqueda de alimentos. Pero los otros animales conocían muy bien sus trampas. Los guanacos y los avestruces salían corriendo en cuanto lo veían acercarse y el pobre zorro no los podía alcanzar. Mara, la liebre, no salía nunca de su madriguera, donde estaba segura y calientita. Las orgullosas nutrias, de gruesa piel, lo miraban riendo desde sus refugios entre las piedras y el agua, donde comían pescado hasta hartarse. Las lagartijas no le gustaban a Nurru por su sabor amargo. Pero ahora, que se las comería con gusto, estaban escondidas en la boca del volcán para calentarse.

El zorro estaba aún más triste y desesperado porque sabía que en su casa lo esperaban su esposa y sus hijos, igual de hambrientos que él. Era mucho trabajo alimentar a su familia tan numerosa: sus hijos comían como gigantes y su esposa estaba por alumbrar uno nuevo. Era tan gruñona que mordía al pobre Nurru cuando tenía hambre.

Ese día Nurru pensaba que otra vez tendría que conformarse con lauchas y ratones de monte. Desde arriba de su rama, donde Nurru nunca lo podría alcanzar, un pájaro negro se burlaba de sus dificultades:

–Wilú, wilú, wilú –cantaba sin cesar, y el pobre Nurru tenía que aguantar sus burlas estúpidas.

En ésas estaba cuando adivinó a lo lejos las huellas de Kofur, un armadillo peludo que vive en la cordillera. Corrió hacia allá y su corazón empezó a brincar de júbilo. ¡Qué pisadas tan grandes! Debía ser un animal gordo, viejo y pesado. ¡A cazar, pues!

El rápido Nurru no tardó en alcanzar al Kofur. También él buscaba comida, pues no tenía provisiones en la cueva.

"¡Qué hermoso Kofur", pensaba el zorro, mientras veía cómo brillaba su panza amarilla debajo de su caparazón. "¡Qué colcha de fina grasa! Éste sí es un bocado digno de un zorro como yo, digno de un gran cazador de la nevada cordillera!"

Cuando se disponía a dar el salto y atraparlo, Kofur lo vio. Inmediatamente enterró su larga

trompa y su cabeza. "¡A salvar la mejor parte!" se dijo y escarbó con tanta fuerza que arrojaba lejos la arena y la nieve. Daba pena ver cómo temblaban sus pelitos ralos y rubios.

En esa remota época, los armadillos peludos no se escondían aún en la tierra. Por eso, como eran perezosos y su caparazón apenas los protegía, eran fácil presa de otros animales. Nurru se reía del pobre Kofur mientras se acercaba a él.

Entonces Kofur empezó a gritar, desde dentro de la tierra:

–¡Sí, aquí estoy y también está él! ¡Sí, el zorro! ¿Ya vienen? ¿Lo agarro? ¡A sus órdenes! ¿De qué lado darán el salto?

El zorro se acercó impaciente, pero desconfiado.

–¿Con quién estás hablando? ¿Quién es? ¿Dónde está?

Kofur ya había logrado meterse hasta el ombligo en el hoyo que iba cavando. Le respondió:

–Mis hermanos de caparazón están reunidos allá abajo y quieren vengarse de un pelirrojo ladrón.

–¿Cuántos son?

–Muchos. Todos los que han matado los zorros.

–¿Qué más dicen?

Kofur había logrado meterse completo en su hoyo. Ya estaba bien adentro cuando el zorro gritó:

–¿Dónde te metiste? ¡Apúrate, tengo hambre!

–Ya vienen los jefes. Quieren matarte ahora mismo. Dicen que van a carnear a todos los pelirrojos ladrones que persiguen a los hermanos de caparazón.

Nurru se alejó corriendo y el pájaro negro volvió a burlarse de él desde lo alto de su rama.

Desde ese día, la cabeza del armadillo peludo tiene una hendidura en el sitio en que se une con la trompa. En cuanto se ve amenazado, el animalito escarba rápidamente con la trompa y las patas y desaparece bajo la tierra con la velocidad del rayo.

El Sol y la Luna en el principio del mundo

En el principio del mundo, de esto hace ya mucho tiempo, era grande la oscuridad sobre la Tierra, pues el Sol y la Luna no la podían iluminar. Eran dos pobres niños vestidos con hojas de palma que vivían solos en una cabaña. No tenían vacas ni ovejas. Lo único que comía la Luna eran piojos de la cabeza del Sol. Los dos eran oscuros y no brillaban. Por eso, el Lucero de la Mañana era el único astro que esparcía alguna luz sobre el mundo.

También había seiscientos tarahumaras que no hallaban qué hacer a causa de la oscuridad. Para andar tenían que cogerse de las manos, y de todas maneras tropezaban. Así no podían trabajar ni conocerse unos a otros.

Entonces los tarahumaras fueron a buscar al Sol y a la Luna. Los curaron tocándoles el pecho con crucecitas mojadas en *tesgüino*. Así comenzaron a brillar y a dar luz. Ese fue su principio.

Tesgüino: *bebida alcohólica hecha de maíz*

Los tarahumaras de ahora, hijos de aquellos seiscientos hombres, cuentan que fue así como se iluminó la tierra y pudieron trabajar y verse las caras.

Dos viejitos mentirosos

Cuentan que había una vez un viejito que tenía mucha sal; un día, otro viejito, que era su vecino, quiso robarle una poca. Llegó a donde tenía su sal. Estaba sentado encima del montón, cuidándola; allí estaban también sus perros.

–Buenas tardes –lo saludó.

–Buenas.

–¿No son bravos sus perros?

–No, no son bravos. ¿Qué anda usted haciendo por aquí?

–Busco mi burro que se me perdió.

–Ah, bueno –respondió el de la sal, pero se quedó pensando: "¡Qué mentiroso! Si éste ni a burro llega".

–Es un burro muy conocido, no tiene cola –le explicó el otro.

–Sí, cómo no, por allá lo vi pasar –siguió el de la sal, pero nomás así le dijo: "Para que se le quite, para qué me dice mentiras".

–¿Por dónde?

–Allí adelantito andaba –respondió, igual de mentiroso que el otro.

–Bueno, voy a verlo.

El viejo se fue pensando: "¿Cómo va a ser? no tengo burro y aquél lo vio. ¿Habrá de verdad un burro o me estará engañando?"

Al rato regresó, como si lo fuera arriando:

–Chuju burro, camínale –gritaba.

Pero nomás decía, porque no traía nada. El otro al oírlo, se sorprendió: "Caray, ¿qué, de veras tendrá burro?"

Y cuando dizque lo metió a su casa, vino a dar las gracias.

–Pues sí, encontré a mi burro.

Y volvió a lo que de verdad quería:

–Oiga, ¿cómo está su sal?

–Bonita, bien salada.

–¿Me regala tantita para mi chilito?

–Agárrela.

–Sacó su servilleta y comenzó a echar la sal por puños.

–¡Oiga! ¡Eso no es tantito!

El otro corrió y el dueño de la sal le echó a sus perros, para que lo corretearan. Lo agarraron del pantalón, pero el viejito se lo quitó y siguió su carrera hasta llegar a su casa.

Los niños huaves tienen un juego que se llama el burro de la cola corta. Se juntan varios y uno se sienta en una montañita de arena, dizque es la sal. Hay dos viejitos; los otros la hacen de perros. Hacen preguntas como los viejitos de la historia y contestan disparates y mentiras. Por fin, el viejito del burro se llena de arena las bolsas para fingir que se roba la sal. Entonces los perros salen detrás de él y tratan de quitarle los pantalones. Si atrapan al ladrón, los que eran viejitos tienen que hacer de perros y los perros que lo agarraron son ahora los que platican mentiras.

Para presentar una criaturita al Sol

Después de tener un hijo, los padres zuñis esperan ocho días para presentarlo al Sol. Ese día una de las mujeres del clan del padre, su tía, lava la cabeza al niño y se convierte en su madrina. Pone pinole sagrado en la mano del niño y lo saca fuera de la casa. Ahí, levanta al niño hacia el rumbo donde sale el Sol y dice el siguiente rezo:

***Pinole:** harina de maíz tostado*

Es el día,
hijo mío.
Ante la luz del sol
te paras.
Han pasado nuestros días
preparando los tuyos.
Cuando tus días se cumplieron,
cuando ocho días pasaron,
Nuestro Padre Sol
se sentó en su sagrado sitio
y nuestros padres nocturnos
se pararon ante sus sitios sagrados
tras una noche bendita,
y se hizo de día.

Este día
nuestros padres
los sacerdotes del alba
se han parado en su
sagrado sitio.
Nuestro Padre Sol
ha salido y se ha parado
en su sagrado sitio.
Es tu día
hijo nuestro.
Este día ofrecemos
la carne del maíz blanco,
el pinole de plegaria,
a Nuestro Padre Sol.
Este sagrado pinole
ofrendamos.

Que se cumpla tu camino
y llegue al camino de
Nuestro Padre Sol.
Cuando tu camino se
cumpla
que en tu pensamiento
estén aquellos
a quienes tus
pensamientos abracen
en este día
de Nuestro Padre Sol.
Ofrecemos pinole sagrado
para esto:
que nos otorgues caminar
nuestros caminos.

La Tijasdakanidakú y los primeros insectos

Tamal: pan de maíz y carne

Pilmama: nana

Temascali: baño de vapor

Hace muchos años el cerro Postectitla era tan alto que llegaba al cielo. Un día bajó de ese cerro una anciana. Llevaba en la sentadera un pedazo de cuero y decía amar a los niños.

Cuando llegó al pueblo, se ofreció de *pilmama* con una señora que tenía a su niño en la cuna:

–Si quieres ir a lavar los pañales del niño vete solita. Yo cuido a tu hijo, y si despierta lo llevo a donde estés –le dijo.

La madre se fue al río y dejó a su pequeño al cuidado de la anciana. No sospechaba que en realidad esa anciana era una come-niños, a la que llamaban *Tijasdakanidakú,* que quiere decir "mujer con un cuerito en la sentadera", pues ése era su único vestido.

Al regresar a su casa la madre preguntó si había despertado su hijo.

–No –le contestó la anciana–, no ha despertado. Desde que te fuiste se durmió. Tiende los pañales y ven a comerte estos *tamales* que hice con carne de marranito.

La anciana se despidió y se fue. Entonces la madre del niño se sirvió los tamales y empezó a comer la masa. Cuando quedó sólo la carne, apareció la palma de la mano del niño. La mujer dejó de comer, fue a la cuna y levantó el trapo con que cubría a su hijo. El niño no estaba ahí. En su lugar encontró un envoltorio que la anciana había puesto para engañarla.

Al día siguiente la Tijasdakanidakú volvió a la misma casa. Los del pueblo la agarraron y se la llevaron a un temascali. Ahí la encerraron, taparon bien la puerta con piedras e hicieron fuego para que se muriera.

La anciana no aguantaba el calor que hacía adentro y gritaba, pero la gente echaba más agua

caliente para que entrara más vapor en el temascali.

Cuando el agua se evaporó aquella mujer empezó a quemarse y la gente siguió haciendo más fuego y echando más agua sin saber que había muerto.

Al otro día sacaron sus cenizas y las metieron en un jarro de boca estrecha. Después fueron a buscar a la lagartija para darle el jarro.

–Mira lagartija: llévate este jarro y lo echas al mar, pero no vayas a destaparlo. Está prohibido saber qué hay adentro.

–Está bien –contestó la lagartija–, lo llevaré al mar.

La lagartija se marchó y en el camino encontró al sapo. Se pusieron a platicar y el sapo le preguntó qué llevaba en el jarro.

–No sé lo que tiene. Los hombres me dijeron que está prohibido ver adentro. Yo sólo voy a aventarlo al mar.

–Tú nunca vas a llegar, lagartija. De aquí queda bien lejos el mar. Si quieres, dame el jarro y yo lo llevo. Tú caminas muy despacio y yo, al contrario, camino muy aprisa. De un sólo salto me puedo brincar esos cerros y llego más pronto al mar.

–Bueno, llévalo si quieres. Pero ten mucho cuidado, no lo vayas a destapar.

El sapo prometió no hacerlo y se fue cargando el jarro.

Iba el sapo con el jarro a cuestas cuando pensó: "¿Por qué no es bueno destaparlo? Llegando a la orilla del mar veré qué tiene dentro". Y así lo hizo.

Empezó a destapar el jarro y al momento de quitar la tapa brotaron todas las especies de animalitos que pican. Avispas, abejas, abejorros y mosquitos se lanzaron sobre él y lo picaron en todo el cuerpo. Después se fueron volando a todo el mundo.

Así nacieron todos los animales que hacen daño. Dicen los tepehuas que si el sapo no hubiese destapado aquel jarro no habría animales que pican. Y el pobre sapo aún tiene su cuerpo hinchado de tantos piquetes.

Las casas y kivas de los Pueblo

Cuando los españoles llegaron por primera vez a Arizona y Nuevo México se toparon, entre las grandes mesas y cañones, con los únicos habitantes sedentarios de la región. Los conquistadores buscaban en el desierto las Siete Ciudades de Oro de Cipola y la Fuente de la Eterna Juventud. Nunca los encontraron. En cambio, fueron sorprendidos por las elevadas construcciones de piedra y adobe de hopis, navajos y apaches. Las construcciones parecían salidas de las mesas mismas pues alcanzaban hasta siete niveles. Llamaron Pueblos a los indios de estos lugares por sus residencias. Hasta ahora, estos indios –y algunos parientes– reciben este nombre.

De los antiguos pueblos indios, que eran más de 70, sólo quedan 20, los mayores son Oraibi y Taos.

Una típica casa hopi se construye sobre cimientos de piedra. Las paredes inferiores también son de piedra, para resistir las inclemencias del clima extremoso del desierto. Los demás muros son de adobe y están enjarrados con lodo. Los techos son sostenidos por vigas de pino que sobresalen de las paredes. Las casas están construidas unas encima de otras, pero no directamente, sino echadas para atrás, de manera que los techos de las casas de abajo forman terrazas. En verano, talleres, cocinas, recámaras y sitio de reunión se instalan al aire libre, en estas terrazas. En invierno, o durante las cortas temporadas de lluvias, las terrazas se desocupan y las actividades se realizan dentro de los cuartos.

Todos los techos, interiores y exteriores, tienen agujeros y de allí surgen escaleras que comunican los cuartos y las terrazas. Los co-

rrales y despensas de granos, paja, lana y agua se encuentran en los niveles inferiores; las aves de corral y las águilas y halcones que se guardan como mascotas están en las terrazas superiores. Los cuartos que sirven como cocinas usan ollas sin fondo como chimeneas. El lugar favorito para dormir al aire libre es siempre junto a estas ollas, ya que el barro conserva el calor de los fogones y así se contrarresta el frío del amanecer.

Un aldea hopi puede recorrerse sin pisar el suelo, pasando de una terraza a otra. En vez de cerrar las puertas, cuando no quieren visitas los hopi quitan las escaleras que comunican con las terrazas de los vecinos.

Los muebles son nichos o lajas empotradas sobre los pisos o los muros. Las camas son simples sarapes y zaleas de borrego. Los metates y fogones se empotran o se construyen sobre el piso de adobe, con lodo, barro y piedra. Los hopi casi no usan ventanas, apenas unos huecos en los techos que funcionan como respiraderos.

Entre los hopi las propietarias de las casas son las mujeres. Cuando alguna de las hijas de la familia contrae matrimonio, sus tíos maternos y hermanos ayudan a construir una nueva casa o a ampliar la de su madre para que viva allí con su marido y sus hijos, que pertenecen a la casa de su madre y forman parte de su clan.

En cambio, para el cumplimiento de todas las actividades religiosas los jóvenes deben acercarse a la kiva de su padre o su padrino.

Las kivas son altares o santuarios subterráneos donde se llevan a cabo las actividades y rituales de

las diferentes sociedades religiosas de la tribu. Cada pueblo tiene varias kivas, con sus propios sacerdotes. Se llaman soyal, katchina, culebra, etc. Desde pequeños los niños forman parte de estas sociedades y son iniciados y entrenados para participar en danzas y otras festividades.

Las kivas son las únicas construcciones subterráneas de los hopi, además de las tumbas. Una kiva debe construirse bajo tierra para recordar a la tribu que, en el principio de los tiempos, los hopi vinieron debajo de la tierra. En ellas todo debe coincidir con las historias que se cantan para recordar sus orígenes: las escaleras que unen las kivas con el piso exterior tienen el mismo número de escalones que las que tenía la primera escalera, por donde subieron al mundo los antepasados.

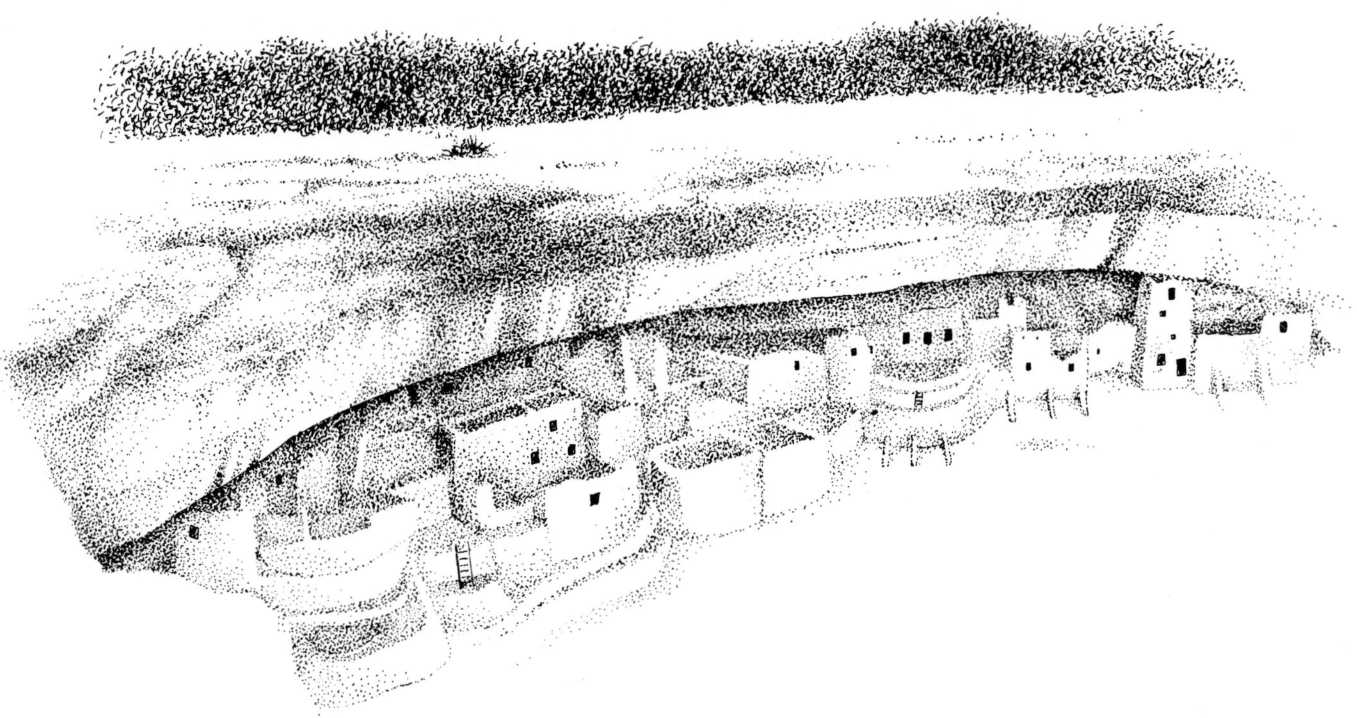

Además de centro religioso y de organización de fiestas, una kiva es un observatorio. Las bocas de las kivas están construidas de manera que al atardecer, al cantar las plegarias, las constelaciones aparezcan en el momento preciso de la oración.

La Kiva Azteca es la kiva más grande que se conoce, tiene tres niveles subterráneos y más de 500 cuartos.

El mono y el cocodrilo

Éste era un mono que tenía ganas de comer plátanos, pero el platanar estaba al otro lado del río. El río era muy ancho y el mono no podía cruzarlo, pues no sabía nadar. De pronto vio que se acercaba el cocodrilo y le dijo:

–¡Ay, señor Cocodrilo! Tengo mucha hambre y quiero comer unos plátanos, pero no sé nadar. ¿Me llevarías en tu espalda a la otra orilla?

–Bueno –le dijo el cocodrilo.

El mono subió de un salto al lomo del cocodrilo y éste lo llevó a la otra orilla, donde estaban los plátanos. Al llegar, el mono le dijo:

–Gran Cocodrilo, espérame un momento. Enseguida vuelvo. Comeré rápido para que me lleves de regreso.

–Está bien –respondió el cocodrilo.

El mono comió aprisa y hasta se trajo un plátano para comer en el camino de regreso, acuclillado sobre el lomo del cocodrilo. Estaba muy contento. Saltó a la espalda del cocodrilo y le dijo:

–Llévame pronto al otro lado del río.

El cocodrilo partió, pero no hacia donde le dijo el mono: lo llevaba por la orilla siguiendo el curso del río.

–Señor Cocodrilo, ¿a dónde me llevas? –preguntó el mono–. Éste no es el camino a mi casa.

–Te llevo a la mía –le dijo el cocodrilo– porque mi esposa está enferma, y el curandero dijo que para sanar necesita comer sesos de mono.

–¡Ay, señor Cocodrilo! ¿Por qué no me lo dijiste antes que subiera? Dejé mis sesos asoleándose al otro lado del río. Vamos a recogerlos de prisa para llevárselos a tu esposa antes de que se muera.

–Regresemos, pues –dijo el cocodrilo.

Y regresaron. Al llegar al punto de donde salieron, el mono dijo:

–Ahí están mis sesos asoleándose. Voy a recogerlos y enseguida vuelvo.

Bajó del lomo del cocodrilo y cuando estaba bien lejos le dijo:

–¡Ay, señor Cocodrilo! El día en que mis sesos se salgan de donde están, ese día me muero.

El mono, con la barriga llena, reía del cocodrilo, que se fue río abajo con el estómago vacío.

La muerte del conejo

Un conejo veía pasar frente a su casa a una mujer bonita. Era alta y grande, todos los días la miraba. Era una liebre.

Comenzó a enamorarla y se la robó. Pero la mujer era casada. Su marido, que también era liebre, tenía grado de oficial y cargaba pistola. (Porque han de saber ustedes que según los huaves las liebres tienen bolas en la cintura y esas bolas son su pistola y su carrillera de balas.)

La liebre y el conejo huyeron, mientras el pobre marido les preguntaba a todos los animales si acaso sabían de ella. Por fin encontró a un zorrillo y le contó sus penas.

–Yo sé dónde están. Viven en un pueblo algo retirado. Si me pagas, yo te llevo.

–Ándale pues –aceptó la liebre.

Llegaron hasta la puerta de la casa del conejo. Adentro estaban el conejo y su mujer.

–Tú mete la mano y sácalo –dijo el zorrillo–, yo aquí afuera me encargo de él.

El conejo los oyó, y como es listo, se sentó de espaldas al hueco de la madriguera. Cuando la liebre metió la mano, agarró al conejo de la cintura. El conejo, con voz muy fuerte y muy ronca, gritó:

–¿Quién me agarra de la muñeca?

La liebre sacó la mano. Estaba muy espantada:

–Ha de ser un gigante, ni siquiera le abarco la muñeca. No puedo sacarlo. Mejor vámonos. Otro día, cuando no esté, volvemos nomás por la mujer.

–Tonto –le dijo el zorrillo–. Si no la sacas ahorita, el conejo se la va a llevar más lejos. Sácalo nomás, y yo lo mato.

La liebre volvió a meter la mano y el conejo le respondió igual.

–Yo, la verdad, tengo miedo –dijo la liebre.

–Bueno, entonces yo me voy a encargar de todo –dijo el zorrillo–. Pero te va a costar más caro. Tu mujer va a salir corriendo, tú la atajas.

–Bueno.

El zorrillo metió la mano al hueco y el conejo trató de espantarlo.

–A mí no me espantas porque no soy el de hace rato. Soy el zorrillo, sal.

Como el zorrillo es *chaparrito*, el conejo no le tuvo miedo. Cuando salió de la cueva el zorrillo le orinó los ojos. El conejo se revolcó de dolor por el piso. Al rato ya estaba verde y se murió.

Chaparro: *de baja estatura*

Don Talasyeswa

Don Talasyeswa fue un indio hopi que vivió en el gran desierto del sur de los Estados Unidos de América. Ésta es la historia de su infancia, contada por él mismo.

Cuando estábamos en el vientre de nuestra madre, mi hermana y yo la lastimamos. Me cuenta que, adolorida, fue a ver a un curandero. El curandero la miró, tocó sus pechos y su barriga y le dijo que éramos gemelos. Mi madre se asustó y sorprendió.

–Pero yo quiero tener sólo un hijo.

–Entonces, debo unirlos.

Llevó un poco de *pinole* fuera de la casa y lo aventó en dirección del sol. Luego cardó juntas lana negra y lana blanca, las torció en un único hilo y amarró el hilo a la muñeca de mi madre.

***Pinole:** harina de maíz tostado*

Nací temprano, la noche de un día de mayo de 1890. Mi madre cortó mi ombligo para hacerme buen cazador. Mi abuelo, mi padre y la partera me examinaron: sin lugar a dudas era un niño torcido, hecho de dos gemelos que se habían juntado, pues era grande y el pelo de mi cabeza se enredaba alrededor de dos remolinos.

Cuando mi madre expulsó la placenta, mi padre salió en busca de Masenimuka, la hermana de mi madre. Mi tía vino rápidamente con un cuenco de agua, un trozo de raíz de yuca, dos mazorcas de maíz blanco y unos lienzos. Entró a la casa sonriente y con corazón contento, para traerme suerte y asegurar que mi espíritu fuera alegre. Lavó mi cabeza y mi cuerpo con espuma de yuca, me untó cenizas de enebro y salvia en el cuerpo para que mi piel fuera suave y el pelo sólo creciera donde debe salir. Alzó su vestido negro para colocarme sobre sus rodillas desnudas y anunció que era su niño, hijo de su clan. Mascó unas ramitas de enebro, escupió los lóbulos de mis orejas, los sobó hasta adormecerlos y los perforó. Puso un hilo para que el agujero no cerrara. Luego, me envolvió con sus lienzos, con los brazos bien atados contra el cuerpo y me amarró a la cuna.

Al amanecer, trazó cuatro líneas de pinole alrededor del cuarto, volvió a sentarse junto a mí y dijo:

–Ahora hice una casa para ti. Estarás aquí mientras llegan tus veinte días.

Antes de que saliera el Sol, pusieron dos postes frente a la puerta que daba hacia el Oriente y extendieron un sarape entre ellos, para que los rayos del Sol naciente no entraran al cuarto donde nací, porque es dañino recibirlos sin antes haber sido presentado ante él.

Fui nombrado en mi veinteavo día, de acuerdo con la costumbre. Muy temprano llegaron Masenimuka y otras tías –todas las mujeres del clan de mi padre y otros clanes afines. Masenimuka desató las ataduras de mi cuna, me desnudó y me lavó la cabeza con

espuma de raíz de yuca. Luego me lavó el cuerpo y me untó de cenizas de bebé. Me envolvieron en un sarape. Masenimuka me abrazó con su brazo izquierdo, tomó las mazorcas madres, que eran las que estuvieron a mi lado desde la noche de mi nacimiento, y las agitó sobre mi pecho diciendo:

–Que te sea dado vivir siempre sin enfermedad y viajar a la vejez por el camino del Sol, morir dormido y sin dolor. Tu nombre es Chuka.

Durante la ceremonia Soyal, cada diciembre, mi tío Talascuaptewa venía temprano a la casa, traía medicina en la boca y cal en las manos. Humedecía la cal con la medicina y nos frotaba un poco en el pecho, en la espalda, los brazos y las piernas para protegernos de la enfermedad y la muerte. Días después mi madre me llevaba a orillas de la mesa, con el resto del pueblo, a ofrendar plumas sagradas en los altares. Las plumas llevaban mensajes a los dioses, para que nos protegieran. La gente colocaba plumas en los techos de las casas y todas las kivas. Las ataban a las escaleras para evitar accidentes; a las colas de los burros para que fueran fuertes; a los chivos, perros, borregos y gatos para asegurar su fertilidad; a los gallineros para tener más huevos. Mi abuelo amarraba plumas a los árboles frutales para que abundara la cosecha de duraznos, manzanas y chabacanos. También a mí me ataron una al pelo, para que tuviera salud y larga vida.

En la tarde, había baile. Katchinas de ambos sexos con enormes máscaras en la cabeza y el cuerpo cubierto de plumas llegaban hasta la plaza con sus sonajas, arcos y flechas y bolsas de masa. Daban a los niños sandías, pinole y regalos. Un viejo rociaba masa sagrada sobre los Katchinas mientras danzaban y untaban las entradas de las kivas con la masa que ellos mismos traían en las bolsas. Nos decían que los Katchinas eran dioses que venían para responder a nuestras plegarias y darnos suerte. Era el mejor día para cortarles el pelo a los niños sin que los malos espíritus o los Doble Corazón los dañaran.

Aprender a trabajar era un juego. Los niños andábamos entre los mayores y copiábamos todo lo que hacían. Íbamos con nuestros padres al campo y ayudábamos a sembrar y desyerbar. Los viejos nos llevaban a caminar y nos enseñaban cuáles plantas eran útiles y cómo cosecharlas. Con las mujeres recogíamos yerba del conejo para hacer canastas y barro para las ollas. Probábamos la tierra, como ellas, para saber si era la adecuada. Cuidábamos los sembradíos de roedores y pájaros; ayudábamos a recoger los duraznos para secarlos al sol; traíamos las sandías hasta la mesa. En burro íbamos por las cosechas, la leña y a pastorear los borregos. Cuando construían casas ayudábamos acarreando tierra para cubrir los techos. Crecimos haciendo cosas. Los mayores opinaban que era una vergüenza ser holgazán y que debía azotarse a los flojos.

Pasábamos la mayor parte del tiempo jugando. Disparábamos flechas contra blancos; jugábamos las viejas damas hopi sobre un tablero. Metíamos palitos en las cañas de maíz y las ensartábamos en aros que rodaban. Luchábamos, echábamos carreras y jugábamos a alcanzarnos y tocarnos. También jugábamos a la pelota y a lanzar palitos. Echábamos trompos y hacíamos figuras de hilo entre los dedos. Yo era malo para las carreras, pero bueno en las figuras de hilo. Me gustaba mucho hacer cohetes al estilo Hopi. Juntaba estiércol de burro y caballo y los quemaba hasta que se hacían carbón. Los ponía sobre una piedra, aún al rojo vivo y los golpeaba con un cuerno de vaca mojado en orín. ¡Bang!, tronaban como pistoletazos.

En invierno jugábamos dentro de las kivas y escuchábamos las largas historias que contaban los hombres mientras hilaban, tejían o hacían otros trabajos. Escogían a un niño para que fuera de kiva en kiva, llevando recados y haciendo transacciones. Con frecuencia me elegían. Los hombres juntaban lo que querían cambiar: lana, lienzos de percal, estambre, pierneras, a veces hasta borregos. Como el recadero no podía cargar los animales grandes, el dueño amarraba a un palo un poco de la lana del borrego, o cerdas del caballo o del burro.

Yo iba de kiva en kiva mostrando mi mercancía. Si alguien compraba un animal o algo grande, el palo quedaba como prenda para asegurar la transacción. Tenía que acordarme de cuánto costaban las cosas y saber qué recibiría a cambio el dueño que me había mandado a venderlas. Era muy divertido. Así aprendí a contar y a medir.

Un día, mi padre atrapó un halcón. Con cuidado lo trajo entre las manos hasta la casa. Como lo había encontrado en los territorios de caza del clan Oso, me tocó llevárselo a Lolulomai, hermana del jefe, que era de ese clan. Fui con ella y me dijo que ya tenían suficientes mascotas –cinco águilas y tres halcones– en su techo. Ese año, había en el pueblo más de treinta y cinco águilas. Me dijo que fuera al día siguiente para que lavara la cabeza del halcón y le diera nombre. Tenía muchas ganas de quedarme con el ave, así que al día siguiente llegué muy temprano. La mujer lavó la cabeza del halcón con espuma de cal blanca, como si fuera un recién nacido, y le puso por nombre Honmana, que quiere decir Osa. Todas las águilas y halcones reciben nombres femeninos porque son nuestras madres. Llevé el halcón a mi casa y mi padre me ayudó a atarlo a un poste de madera con una cuerda suave de algodón. Fui encargado de conseguirle ratas y ratones para comer: era un trabajo difícil.

Mis tíos y padres me explicaron que águilas y halcones son personas-espíritus que viven en una casa especial del cielo. En invierno y primavera, esta gente del cielo baja a Oraibi en forma de Katchinas, con cabezas de águila. Después, cuando llega la temporada de crianza, el Jefe Águila manda a su gente, todas las aves, por un agujero del cielo para que construyan sus nidos, empollen sus huevos y críen a sus pequeños entre las peñas de las barrancas y las altas mesas. Entonces los hopi salen y las apresan, las traen al pueblo y las alimentan.

Cuando las plumas de mi halcón se fortalecieron ayudé a mi padre a mandarlo de regreso al cielo, a su casa. Primero le hicimos unas muñecas, que amarramos en su poste. Mi madre le llevó una tablita y le dijo:

–Los Katchinas te dan estos regalos, llévalos a tu casa. Te damos estas muñecas para que tengas hijos y descendencia. Nos quedaremos con tus plumas y las usaremos en las ofrendas para la Gente de la Nube de Seis Picos.

Al amanecer subí con mi padre al techo y tiré de la cuerda que amarraba al halcón. Él le echó un sarape encima, después lo tomó con fuerza del cuello y hundió su pulgar en él. Al halcón le tomó mucho tiempo irse a casa. Por fin quedó quieto. Le quitamos las plumas y las escogimos con cuidado. Le quitamos la piel y amarramos muestros bastones de plegaria a las alas, las patas y el cuello del ave para que nos perdonara y regresara el siguiente año, después de tener crías. La llevamos hasta el lugar donde la habíamos atrapado, al cementerio de halcones y águilas del clan Oso. También llevamos la tablita y las muñecas, pinole azul y un palo. Mi padre encendió su pipa de tabaco cimarrón y sopló humo sobre el cuerpo del halcón. Cavamos un agujero y allí lo pusimos, cubrimos su cuerpo de pinole azul. Mi padre le dijo:

–Estás libre. Regresa con los tuyos, te esperan. Llévate estas plumas sagradas con nuestro mensaje a la Gente de la Nube de Seis Picos. Pídeles que nos manden lluvia. Regresa el próximo año a reproducirte.

Era travieso, nadie podía controlarme. Me regañaban, me sumergían en agua, me hacían rodar en la nieve, se burlaban de mí. Pero nunca me dejaron sin comer, ni

me encerraron en un cuarto oscuro, ni me abofetearon ni me enviaron a un rincón: éstas no son costumbres hopis. Los viejos nos advertían que si los tratábamos mal, nuestras vidas se acortarían; que si imitábamos a quienes danzaban la Danza de la Culebra se nos hincharía la panza y reventaríamos; que si hacíamos zumbadores de madera y cuerda un mal viento nos alcanzaría.

Cuando me portaba muy mal, mis padres me amenazaban con echarme fuera de la casa para que un coyote o un Mal Espíritu fueran por mí en la oscuridad, o para que un navajo me robara o un blanco me llevara a la escuela.

Nuestros ancestros predijeron la llegada de los blancos y las penalidades que pasaríamos. Pero había que soportarlo todo y prepararnos para llamar al Gran Hermano Blanco del Este, que vendría a redimirnos.

En 1899 decidieron enviarme a la escuela. Al año siguiente, el 14 de junio, mi padre vino a recogerme. Regresamos a casa montados en burros, cargados de telas, lámparas, palas, hachas y otras herramientas que nos regalaron. Fue una dicha volver a casa, ver a mi gente, contarles mi experiencias en la escuela. Había aprendido muchas palabras en inglés y podía recitar de memoria los Diez Mandamientos. Sabía dormir en una cama, rezar a Jesús, peinarme, comer con cuchillo y tenedor, usar el excusado. Aprendí que la Tierra es redonda, no cuadrada y que es indecente andar desnudo delante de las niñas. Me enseñaron a comer criadillas de chivo y de borrego. También aprendí que las personas piensan con la cabeza, no con el corazón.

Colaboradores, fuentes bibliográficas, índice por culturas, índice temático, índice general

Colaboradores

Ilustradores

Felipe Dávalos, pp. 9, 19, 28, 33, 44, 54, 61, 79, 91, 98, 108, 117, 138, 149, 171, 186, 194, 206

Susana Abundis, pp. 18, 35, 36, 43, 77, 113, 126, 130, 135, 162, 164, 180

José Luis Acevedo, pp. 14, 82, 122 154, 159, 204

María María Acha, pp. 15, 16, 24, 51, 52, 56, 66, 87, 90, 132, 147, 157, 160, 175, 192, 196, 201, 209, 216

Rossana Bohórquez, pp. 23, 37, 38, 46, 57, 60, 69, 124, 146, 152, 166, 190, 198, 212

Andrés Sánchez de Tagle, pp. 27, 30, 49, 64, 71, 85, 97, 102, 110, 128, 140, 155, 161, 168, 185, 202, 214

Adaptadores

Katyna Henríquez, pp. 30, 87

Danna Levin, pp. 15, 16, 57, 113

Sol Levin, pp. 56, 152

Federico Navarrete, pp. 9, 23, 24, 61, 64, 66, 71, 77, 82, 96, 98, 126, 128, 132, 135, 162, 168, 171, 175, 180, 192, 194

Gabriela Rábago, pp. 38, 46, 89, 140, 146, 155, 186, 201, 212

Elisa Ramírez, pp. 13, 14, 18, 19, 27, 33, 36, 37, 43, 44, 49, 52, 60, 69, 84, 85, 91, 97, 102, 110, 116, 122, 124, 130, 138, 149, 154, 159, 160, 164, 166, 185, 190, 202, 204, 209, 214, 216

Luis Rojo, pp. 28, 35, 79

Juan Manuel Romero, pp. 51, 147, 182

Silvia Tuchmann, pp. 54, 108, 117, 161, 206

Mario Valotta, pp. 90, 157, 196, 198

Fuentes bibliográficas

"Sol y Luna roban el día": Orlando y Claudio Villas-Boas, *Xingu, the Indians, their Myths* , Nueva York, Farrar, Strauss and Giroux, 1973, pp. 89-93.

"Adivinanzas mayas": Allan F.Burns, *An Epoch of Miracles. Oral Literature of the Yucatec Maya,* Austin, University of Texas Press (Texas Pan American Series), 1983, pp. 228-231.

"Cómo se debe cuidar a los niños": Miguel Ángel Tepole y Elisa Ramírez, *Cuentos nahuas,* México, Secretaría de Educación Pública (Colección Tradición Oral Indígena), 1982.

"Por qué los negros son negros": Frederick Turner, *The portable North American Indian Reader,* Nueva York, Penguin Books, 1973, p. 29.

"Cuando el hombre y los grillos subieron al mundo": David Bushell, "Myths of the Louisiana Choctaw", en *American Anthropologist,* Vol.12, 1910, p. 527.

"Hijos del viento": John Bierhorst, *In the Trail of the Wind, American Indian Poems and Ritual Orations,* Nueva York, Noonday, 1971, p. 19.

"Marpiyawin y los lobos": Luther Standing Bear, *Stories of the Sioux,* Lincoln, University of Nebraska Press, 1988, pp. 3-9.

"El juego dèl tronco": Allan y Paulette Macfarlan, *Handbook of American Indian Games,* Nueva York, Dover Publications, 1985, p. 167.

"Cómo criaban a los niños incas": Guaman Poma de Ayala, *Nueva crónica y buen gobierno,* México, Siglo XXI Editores, 1988, pp. 183-209.

"Arrullo": Raúl Guerrero Guerrero, *Los Otomíes del Valle del Mezquital,* Pachuca, Instituto Nacional de Antropología e Historia, 1983, p. 424.

"La forma del mundo": Luis González Rodríguez, *Crónicas de la Sierra Tarahumara,* México, Secretaría de Educación Pública (Colección Cien de México), 1987, pp. 402-404.

"El Sol y el Viento": *Los seres del más acá,* Lima, Biblioteca Campesina, pp. 184-185.

"El Ndeaj": Contado por Juan Olivares, en Elisa Ramírez, *El fin de los montiocs, Tradición oral de los huaves de San Mateo del Mar, Oaxaca,* México, Instituto Nacional de Antropología e Historia (Colección Divulgación), 1987, pp. 50-51.

"Las viviendas seris": Ricardo Pozas, "Baja California y el desierto de Sonora: los seris. Planeación e instalación del Museo Nacional de Antropología", México, 1961.

"Nombres de los niños": John Bierhorst, *The Sacred Path. Spells, Prayers and Power Songs of the American Indians,* Nueva York, Quill, 1984, p. 22.

"Para nombrar a un niño tewa": Jerome Rothemberg, *Shaking the Pumpkin. Traditional Poetry of the Indians of North America,* Nueva York, Doubleday and Company, 1972, p. 193.

"Encarnación, una mujer pápago": Contado por Encarnación, en Ruth Underhill, *Biografía de una mujer pápago,* México, Secretaría de Educación Pública (Colección Sep Setentas), 1975.

"Cómo apareció la gente en el mundo": Miguel Ángel Tepole y Elisa Ramírez, *op. cit.*, pp. 18-19.

"La batalla del mono y el tigre": José Luis Jordana, *Mitos e historias aguarunas*, Lima, Retablo de Papel Ediciones, 1975, pp. 211-213.

"El tigrillo y el tlacuache": Didier Boremanse, *Contes et mythologie des Indiens Lacandons*, París, Éditions L'Harmattan, 1986, pp. 384-387.

"El juego de los lechuzazos": Bernardino de Sahagún, *Historia general de las cosas de la Nueva España*, México, Editorial Porrúa, 1982, p. 150.

"Los naguales: animales compañeros de los hombres": Contado por Juan Olivares, en Elisa Ramírez, *op. cit.*

"Los jaguares del amanecer, los jaguares del anochecer": Didier Boremanse, *op. cit.*, p. 323.

"El juego del oso guardián": Allan y Paulette Macfarlan, *op. cit.*, pp. 226-227.

"Los niños que se fueron al cielo": Stith Thompson, *Tales of the North American Indians*, Bloomington, Indiana University Press, 1966, pp. 46-47.

"Sombra": Allan F. Burns, *op. cit.*, pp. 242-243.

"Cómo era el mundo según los mexicas": Alfredo López Austin, *Cuerpo humano e ideología*, México, Universidad Nacional Autónoma de México, 1984, pp. 61-68; Ángel María Garibay, *Teogonía e historia de los mexicanos*, México, Editorial Porrúa, 1985.

"Por qué el cielo no se nos cae encima": André Marcel D'Ans, *La verdadera Biblia de los cashinahuas*, Lima, Mosca Azul Editores, 1975, pp. 93-94.

"Romi-Kumu hace el mundo": Stephen Hugh-Jones, *The Palm and the Pleiades. Initiation and Cosmology in Northwest Amazonia*, Cambridge, Cambridge University Press, 1979, p. 263.

"El perro y el coyote": Jesús A. Ochoa Zazueta, *Los kiliwa. Y el mundo se hizo así*, México, Instituto Nacional Indigenista, 1978, pp. 78-81.

"Gregorio Condori Mamani": Contado por Gregorio Condori Mamani en Gregorio Condori Mamani, Ricardo Valderrama y Carmen Escalante, *Autobiografía*, Cusco, Centro de Estudios Rurales Andinos 'Bartolomé de Las Casas', 1982.

"Las casas toltecas": Richard Diehl, *Tula, The Toltec Capital of Ancient Mexico*, Londres, Thames & Hudson, 1983.

"El puercoespín y el invierno": Stith Thompson, *op. cit.*, pp. 38-39.

"Ruego a Viracocha": Miguel León-Portilla, *Literaturas del Anáhuac y del Incario*, México, Secretaría de Educación Pública-Universidad Nacional Autónoma de México (Colección Clásicos Americanos), 1982, pp. 52-53.

"A un niño ofrendador de flores": Miguel Ángel Tepole y Elisa Ramírez, *op. cit.*, p. 13.

"El señor Santiago y los dos traviesos": Jesús Salinas y Elisa Ramírez, *Cuentos otomíes*, México, Secretaría de Educación Pública (Colección Tradición Oral Indígena), 1983, pp. 43-45.

"La vieja diabla": Johnny Payne, *Cuentos cusqueños*, Cusco, Centro de Estudios Rurales Andinos 'Bartolomé de Las Casas', 1984, p. 89.

"Juego de Pedro Iguana": Gary Gossen, *Los chamulas en el mundo del Sol. Tiempo y espacio en una tradición oral maya*, México, Instituto Nacional Indigenista (Colección Antropología Social), 1979, pp. 168-169.

"El juego del peukutún": Bertha Koessler, *Tradiciones araucanas*, La Plata, Instituto de Filología, Universidad Nacional de la Plata, 1962, vol. 1, pp. 183.

"El conejo tramposo": Contado por Fidel de Jesús, recopilado por Elisa Ramírez.

"Adivinanzas mexicas": Alfredo López Austin, *La educación de los antiguos nahuas*, México, Secretaría de Educación Pública (Biblioteca Pedagógica), 1985, pp. 127 y 129; Bernardino de Sahagún, *op. cit.*, pp. 419-421.

Cantos por el nacimiento de una niña: John Bierhorst, *The Sacred Path...* pp. 15 y 27.

"El nacimiento del Sol y la Luna": Bernardino de Sahagún, *op. cit.*, pp. 431-34.

"La familia de Aua y Orulo": Contado por Orulo, Aua y Knud Rasmussen en Knud Rasmussen, *Intellectual Culture of the Hudson Bay Eskimos. Report of the Fifth Tule Expedition (1921-24), Vol. VII*, Copenhague, Gyldendalske, 1930.

"Chiminigagua": José Pérez de Barradas, *Les Indiens de l'El Dorado*, París, Éditorial Payot, 1955, p. 285.

"El conejo y el coyote": Alonso Solano y Elisa Ramírez, *Cuentos mixtecos de Guerrero*, México, Secretaría de Educación Pública (Colección Tradición Oral Indígena), 1985, pp. 36-47.

"Los tipis de los indios de las praderas": George Bird Grinnell, *Blackfoot Lodge tales. The Story of a Prairie People*, Lincoln, University of Nebraska Press, 1962.

"Cristo y el diablo comparan su sangre": John Fought, *Chorti (Mayan) Texts*, Philadelphia, University of Pennsylvania Press, 1972, Vol. 1, p. 499.

"El niño que trajo el maíz": Alain Ichon, *La religión de los totonacas de la Sierra*, México, Instituto Nacional Indigenista, 1973, pp. 73-81.

"Cómo es el mundo según los sioux": Paul Radin, *Primitive Man as Philosopher* , Nueva York, Dover, 1957, pp. 277-281.

"Canciones de cuna": Natalie Curtis, *The Indian Book. Authentic Native American Legends, Lore and Music*, Nueva York, Bonanza Books, 1987.

"Para cuidar a un niño mexica": Ángel Ma. Garibay, *op. cit.*, pp. 144, 148 y 149.

"Los hombres roban la noche a los animales": André Marcel D'Ans, *op. cit.* Pp. 132-33.

"Los juegos de los esquimales": Knud Rasmussen,*The Netsilik Eskimo. Social Life and Spiritual Culture. Report of the fifth Thule Expedition (1921-1924), Vol. VIII*, Copenhague, Gyldendalske, 1931, pp. 356-362.

"El tapir y los niños": Orlando y Claudio Villas-Boas, *op. cit.*, pp. 171-73.

"Dime en qué día naciste": Bernardino de Sahagún, *op. cit.*, pp. 221-254.

"La Madre Tierra": John Bierhorst, *The Red Swan. Myths and Tales of the American Indians*, Nueva York, Farrar, Strauss and Giroux, 1976, p. 55.

"Juan Pérez Jolote": Contado por Juan Pérez Jolote en Ricardo Pozas, *Juan Pérez Jolote. Biografía de un tzotzil*, México, Fondo de Cultura Económica (Colección Popular), 1952.

"Pojkuajky, el Cerro del Viento": Walter S. Miller, *Cuentos mixes*, México, Instituto Nacional Indigenista, 1956.

"El carbet": Jean-Baptiste Labat, *Viajes a las islas de América*, La Habana, Casa de las Américas (Colección Nuestros Países, Serie Rumbos), 1979, pp. 77-81.

"Los hermanos Rayo y Trueno": Knud Rasmussen, *The Netsilik Eskimo...* pp. 377-379.

"El cuidador de la fogata": Allan y Paulette Macfarlan, *op. cit.*, pp. 72-74.

"El juego de la araña": Raúl Guerrero Guerrero, *op. cit.*, p. 364.

"El león y el borrego cimarrón": Jesús A. Ochoa Zazueta, *op. cit.*, pp. 78-80.

"La apuesta del tordo y el zorro": Bertha Koessler, *Cuentan los araucanos*, Buenos Aires, Editora Espasa Calpe (Colección Austral), 1954, pp. 129-131.

"Recetas para cuidar a los niños": Contado por Juan Olivares en Elisa Ramírez, *op. cit.*, p. 155.

"El caminante solitario": John Bierhorst, *The Red Swan...* pp. 39-40.

"Los niños que comieron maíz crudo": John Fought, *op. cit.*, vol. 1, pp. 156-157.

"Los niños mexicas": Alfredo López Austin, *Cuerpo humano e ideología...* vol. 2, p. 271.

"La fiesta del tambor y del elote": Guadalupe Valdés y Elisa Ramírez, *Cantos, mitos y fiestas huicholes*, México, Secretaría de Educación Pública (Colección Tradición Oral Indígena), 1982.

"El coyote va a la fiesta": Víctor de la Cruz, *Coyote va a la fiesta. Dxi Yegapa gueu' saa Bixhahui*, Juchitán, Honorable Ayuntamiento Popular de Juchitán, 1983.

"Las casas de los esquimales": William W. Fitzburgh and Aron Crowell, *Crossroads of continents. Cultures of Siberia and Alaska*, Washington, Smithsonian Institution Press, 1988, pp. 197-98; Walter Krickeberg, *Etnología de América*, México, Fondo de Cultura Económica, 1982, pp. 42-45.

"Cómo el Sur se robó a la hija de Norte": Martin Gusinde, *Folk literature of the Selknam Indians. Martin Gusinde's collection of Selknam narratives*, (Johannes Wilbert, ed.), Los Angeles, University of California Press (Latin American Studies Series), 1975, pp. 49-55.

"Lakuta le kipa, la última mujer yagán": Contado por Rosa Yagán, en Rosa Yagán y Patricia Stambuk M., *Rosa Yagán, el último eslabón*, Santiago de Chile, Editorial Andrés Bello, 1986.

"Palabras de un padre a su hija": Miguel León-Portilla, *Literaturas de Mesoamérica*, México, Secretaría de Educación Pública, 1984 (Colección Cien de México), pp. 244-48.

"El calmécac": Alfredo López Austin, *Educación Mexica. Antología de Textos Sahaguntinos*, México, Universidad Nacional Autónoma de México, 1985.

"La liebre hizo que la tierrra tuviera luz": Knud Rasmussen, *The Netsilik Eskimo...* p. 208.

"Los niños ociosos": *Había una vez*, Lima, Proyecto Experimental de Educación Bilingüe, 1989, pp. 8-11.

"Los acertijos de la anciana Lechuza Blanca": John Bierhorst, *The Red Swan...* pp. 141-148.

"La maloca": Stephen Hugh-Jones, *op. cit.*, pp. 27-31; Elizabeth Carmichael y Stephen Hugh-Jones, *The Hidden Peoples, of the Amazon*, Londres, Museum of Mankind, 1985, pp. 78-93.

"El mundo es como una maloca": Elizabeth Carmichael y Stephen Hugh-Jones, *op. cit.*, pp. 78-93.

"Mucera": Manuel Nunes Pereira, *Moronguetá. Un Decamerón indígena*, Brasilia, Editora Civilizacïo Brasileira (Colección Retratos del Brasil), 1980, vol. 1, p. 348.

"El armadillo y el zorro": Bertha Koessler, *Cuentan los araucanos...* pp. 87-90.

"El Sol y la Luna en el principio del mundo": Carl Lumholtz, *El México desconocido*, México, Instituto Nacional Indigenista (Serie Clásicos de la Antropología), 1986, vol. 1, p. 292.

"Dos viejitos mentirosos": Contado por Juan Olivares, en Elisa Ramírez, *op. cit.*, pp. 207-209.

"Para presentar una criaturita al Sol": Ruth L. Bunzel, *Zuni Ritual Poetry, XLVII Annual Report of the Bureau of American Ethnology*, Washington, 1929-1930, pp. 623-631.

"La Tijasdakanidakú y los primeros insectos": Roberto Williams García, *Mitos tepehuas*, México, Secretaría de Educación Pública (Colección Sep-Setentas), 1972, pp. 112-114.

"Las casas y kivas de los Pueblo": Don Talasyeswa y Leo W. Simmons, *Sun Chief. The Autobiography of a Hopi Indian*, New Haven, Yale University Press, 1942; Frank Waters, *Book of the Hopi*, Nueva York, Penguin Books, 1963.

"El mono y el cocodrilo": Teodoro Canul y Elisa Ramírez, *Cuentos Mayas*, México, Secretaría de Educación Pública (Colección Tradición Oral Indígena), 1982, pp. 57-58.

"La muerte del conejo": Elisa Ramírez, *op. cit.*, p. 218.

"Don Talasyeswa": Contado por Don Talasyeswa, en Don Talasyeswa y Leo W. Simmons, *op. cit.*

Índice por culturas

Índice temático

Aventuras de niños y niñas

Cuando nació el mundo

Así empezaron las cosas

Entre animales

Aventuras del conejo

La historia de mi vida

ASÍ ES EL MUNDO

ASÍ SON LAS CASAS

LA VIDA DE LAS NIÑAS y LOS NIÑOS

CANTOS PARA NIÑOS

ADIVINANZAS

JUEGOS

Índice

1 ESQUIMALES
2 TAHLTAN
3 PENOBSCOT
4 KWAKIUTL
5 OKANGON
6 ONONDAGAS
7 SIOUX
8 YUKIS
9 ARAPAHO
10 KIOWA
11 NAVAJOS
12 HOPI
13 ZUÑI
14 TEWA
15 PÁPAGOS
16 KILIWAS
17 CHOCTAW
18 SERIS
19 TARAHUMARAS
20 HUICHOLES
21 CORAS
22 TEPEHUAS
23 TOTONACAS
24 OTOMÍES
25 TOLTECAS
26 MEXICAS
27 NAHUAS DE VERACRUZ
28 MIXTECOS
29 ZAPOTECOS
30 MIXES
31 HUAVES
32 MAYAS TZOTZILES
33 MAYAS LACANDONES
34 MAYAS CHORTIS
35 MAYAS YUCATECOS
36 CARIBES
N
O
E
S